Machado de Assis

Dom Casmurro

Adaptação de

Hildebrando A. de André

Ilustrações de

Angelo Abu

Gerência editorial
Sâmia Rios
Edição
Maria Viana
Assistência editorial
José Paulo Brait
Revisão
Nair Hitomi Kayo
Coordenação de arte
Marisa Iniesta Martin
Programação visual de capa e miolo
Didier D. C. Dias de Moraes

Avenida das Nações Unidas, 7.221
Pinheiros
CEP 05425-902 – São Paulo – SP
www.aticascipione.com.br

Tel.: (0xx11) 4003-3061
atendimento@aticascipione.com.br

2023

ISBN 978-85-262-5644-6 – AL
ISBN 978-85-262-5645-3 – PR

Cód. do livro CL: 733729
CAE: 224888

1.ª EDIÇÃO
25.ª impressão

Impressão e acabamento
Bartira

Dados Internacionais de Catalogação na Publicação (CIP)
(Câmara Brasileira do Livro, SP, Brasil)

André, Hildebrando A. de

Dom Casmurro / Machado de Assis; adaptação de Hildebrando A. de André; ilustrações de Angelo Abu. – São Paulo: Scipione, 2004. (Série Reencontro literatura)

1. Literatura infantojuvenil I. Assis, Machado de. II. Abu, Angelo. III. Título. IV. Série.

04-5832 CDD-028.5

Índices para catálogo sistemático:
1. Literatura juvenil 028.5
2. Literatura infantojuvenil 028.5

SUMÁRIO

QUEM FOI MACHADO DE ASSIS?

Joaquim Maria Machado de Assis nasceu no Rio de Janeiro em 1839. Bisneto de escravos, vivia com os pais, agregados sob a proteção de uma viúva rica que, mais tarde, se tornou sua madrinha. Órfão de mãe aos dez anos e de pai aos doze, foi alfabetizado na própria chácara onde morava.

Na adolescência, mudou-se para a cidade e foi aprendiz de tipógrafo e revisor. A partir dos 20 anos, trabalhou como jornalista, autor de peças, tradutor e crítico teatral. Em fins do século XIX, já reconhecido como o maior escritor do país, foi um dos principais fundadores da Academia Brasileira de Letras, da qual foi presidente até a morte, em 1908.

A produção literária de Machado de Assis é dividida em duas fases: a primeira, romântica, vai até 1880 e compreende romances como *Ressurreição*, *Helena* e *A mão e a luva*, além de dois volumes de contos. Na segunda fase, iniciada por *Memórias póstumas de Brás Cubas*, o humor e a ironia substituem o olhar ingênuo e conciliador da primeira fase.

Tido como o maior romancista do Brasil, suas obras contêm reflexões filosóficas, análises do comportamento humano, sabedoria literária e outros atrativos de alcance universal, sem desprezar a preocupação com o país de origem e o tempo histórico do autor.

Dom Casmurro, publicado em 1899, representa um dos pontos altos do Realismo brasileiro, pois vai além dos limites de um simples caso de adultério e tem a matéria de sua narrativa na condição humana, captada pelo viés da ironia.

Dentre a extensa criação literária de Machado, destacam-se *Crisálidas, Falenas* e *Poesias completas* (poesias); *Quincas Borba, Esaú e Jacó, Memorial de Aires, Iaiá Garcia e Memórias póstumas de Brás Cubas* (romances); *Contos fluminenses, Papéis avulsos* e *Relíquias de casa velha* (contos); *Desencantos, Quase ministro* e *Os deuses de casaca* (teatro); *Crítica, Outras relíquias, Histórias românticas* e *Casa velha* (obras póstumas).

Do título

Voltando para casa uma noite dessas, encontrei um rapaz aqui do bairro. Não o conhecia muito bem, mas aparentou ser uma companhia agradável. Cumprimentou-me, sentou-se e começou um monólogo sobre o tempo, sobre política, e acabou recitando seus versos. A viagem era curta, e os versos provavelmente não eram muito ruins. Entretanto, acabei por fechar os olhos três ou quatro vezes. Estava um pouco cansado.

Isso aparentemente aborreceu o meu companheiro de viagem, que meteu seus versos no bolso.

– Continue – disse eu, acordando.

– Já acabei – murmurou ele.

– São muito bonitos.

Ele fez um gesto para retirá-los outra vez do bolso, mas não o completou. Estava de mau humor. Fiquei sabendo que falou mal de mim aos nossos vizinhos de bairro. Tudo porque eu estava cochilando no trem! Acabou por me dar um apelido que foi rapidamente aceito pelos amigos e conhecidos: *Dom Casmurro*.

Não no sentido de teimoso, mas de ensimesmado. Obviamente o "dom" foi acrescentado para ironizar meu ar nobre enquanto dormia. Meus vizinhos, que não gostam muito de meus hábitos reclusos e calados, se encarregaram de espalhar o apelido. Nem por isso me zanguei.

Contei a piada para meus amigos da cidade, e eles, aparentemente, gostaram da brincadeira. Começaram a usar meu novo nome em bilhetinhos:

"Dom Casmurro, domingo vou jantar com você."

"Vou para Petrópolis, Dom Casmurro; veja se sai dessa caverna do Engenho Novo e vai lá passar uns quinze dias comigo."

"Meu caro Dom Casmurro, você não foi dispensado do teatro amanhã; venha e dormirá aqui na cidade; dou-lhe camarote, dou-lhe chá, dou-lhe cama; só não lhe dou esposa."

O apelido pareceu-me então a melhor alternativa para o título do meu livro. Dessa forma, meu poeta do trem saberá que não guardo nenhum rancor.

Do livro

Já que expliquei o título do livro, seria justo que esclarecesse também o porquê de escrevê-lo. Vivo só, com um criado. A casa em que moro hoje no Engenho Novo é uma reconstrução daquela em que morei toda a minha juventude, na rua de Mata-cavalos. Cada peça, cada janela foi fielmente copiada. O mesmo prédio assobradado, três janelas de frente, com uma varanda no fundo. Os mesmos quartos e salas. Até as pinturas, do teto e das paredes, são cópias mais ou menos iguais às da casa original. Nos quatro cantos do teto, as mesmas grinaldas de flores pequenas, e no centro das paredes estão figuras representando César, Augusto, Nero e Massinissa, com os nomes embaixo. Não sei dizer o porquê desses personagens históricos. Já estavam lá quando nos mudamos. Coisas da época, suponho.

Meu objetivo, juntar as duas pontas da vida; restaurar na velhice minha adolescência. Não consegui infelizmente preencher as lacunas, os vazios desta construção nova. Impossível querer voltar no tempo e ser agora o que eu era quando jovem. Se apenas me faltassem as pessoas daquela época, seria o de menos. Um homem pode consolar-se da perda de entes queridos. Mas o fato é que eu não me encontro mais nessa casa. Não sou mais aquele adolescente que tenho na memória. A vida na nova casa não é a mesma da antiga.

Isso não quer dizer que eu não viva bem. Minha antiga vida parece hoje menos atraente do que era na verdade. Alguns prazeres e alguns aborrecimentos já não existem mais. Entretanto, guardo muitas recordações boas daquele tempo. E tenho vivido de lembranças, jardinagem e leitura. Tenho bom sono e como bem.

Ora, tudo cansa. E essa vida monótona acabou por me aborrecer. Pensei então em escrever um livro. Vários assuntos me vieram à mente, mas todos pareciam demasiado entediantes ou trabalhosos. Pensei em escrever algo como a *História dos subúrbios*, mas achei o assunto difícil, ia ter de procurar documentos; em resumo, daria trabalho demais. Foi quando tive a ideia de contar sobre minha vida na casa antiga, já que não poderia mais estar lá. Talvez narrar essa história me desse a ilusão de vivê-la novamente.

Minha mão treme de alegria por eu ter tido essa ideia. Começaremos então por uma tarde de novembro. Houve tardes melhores e piores, mas aquela nunca se apagou. Leia e descubra por quê.

A denúncia

Ia entrar na sala, quando ouvi meu nome e escondi-me atrás da porta. A data – novembro de 1857, na casa da rua de Mata-cavalos.

– Dona Glória, a senhora continua pensando em mandar o nosso Bentinho para o seminário? Está na hora, e talvez já exista um problema.

– Que problema?

– Um grande problema.

Minha mãe quis saber o que era. José Dias olhou para os lados e veio ver se o corredor estava vazio, sem perceber minha presença. Disse que o problema era a gente do Pádua.

– A gente do Pádua?

– Há algum tempo estou para lhe dizer isto, mas não me atrevia. Não me parece bonito que o nosso Bentinho ande metido nos cantos com a filha do Tartaruga, e esse é o problema, porque, se eles começam a namorar, a senhora terá muita dificuldade em separá-los.

– Não acredito. Bentinho e Capitu metidos nos cantos?

– É um modo de falar. Em segredinhos, sempre juntos. Bentinho quase não sai de lá. A menina é uma desmiolada; o pai finge que não percebe; acho que ele ficaria feliz se... Mas a senhora não acredita nas más intenções das pessoas...

– Mas, senhor José Dias, tenho visto os dois brincando e nunca presenciei nada de especial. São apenas duas crianças; Bentinho tem só quinze anos. Capitu fez quatorze na semana passada. Não se esqueça de que foram criados juntos. Como eu poderia acreditar nisso?... Mano Cosme, o que você acha?

Tio Cosme respondeu com um "Ora!", que, traduzido em vulgar, queria dizer: "São imaginações do José Dias; os dois pequenos se divertem, eu me divirto; onde está o gamão?".

– Sim, o senhor está enganado.

– Pode ser, minha senhora. Talvez vocês tenham razão; mas creia que não falei senão depois de muito refletir...

– Em todo caso, já está na idade – interrompeu minha mãe –; vou tratar de mandá-lo para o seminário o quanto antes.

– Então Bentinho irá satisfazer os desejos de sua mãe e fazer grande carreira na Igreja...

– Pare de dizer asneiras e ande, vá buscar o gamão – disse tio Cosme. – Quanto a Bentinho, se tem de ser padre, realmente é melhor que não comece a dizer missa atrás das portas. Mas, mana Glória, é preciso mesmo fazê-lo padre?

– Você sabe, Cosme, é promessa, e irei cumpri-la.

– Sei que você fez promessa... mas uma promessa assim... não sei... Verdade é que cada um sabe melhor de si – continuou tio Cosme. – Deus é que sabe de todos. Contudo, uma promessa de tantos anos... Mas o que é isso, mana Glória? Está chorando? Isso não é motivo!

A sala ficou em silêncio de repente. Senti uma vontade de entrar, mas algo me deteve. Não pude ouvir o restante da conversa, devido à comoção causada pelo choro de minha mãe. Enquanto José Dias se desculpava, minha prima Justina corria a consolá-la; senti uma emoção que não estava ali antes.

O agregado

José Dias amava os superlativos. Era uma maneira de dar força teatral às mínimas ideias. Se estas não fossem profundas, pelo menos faziam as frases mais longas. Era nosso agregado havia muitos anos. Eu acabara de nascer, e nossa família ainda vivia na fazenda de Itaguaí. Um dia apareceu na porteira um homem dizendo-se médico homeopata. Trazia um manual e alguns remédios. Ocorria então um surto de febres na fazenda. José Dias curou o feitor e uma escrava, e não quis receber nenhuma remuneração. Meu pai lhe propôs que ficasse morando ali, vivendo com um ordenado. Ele recusou, argumentando que sua missão era levar saúde às casas das pessoas pobres.

– Não pretendo impedi-lo de cumprir sua missão – disse meu pai. – Viaje o quanto quiser, mas fique morando conosco.

– Então, voltarei daqui a três meses.

Voltou dali a duas semanas, aceitou casa e comida, sem qualquer outra remuneração, salvo o que quisessem dar por festas. Ele veio para o Rio de Janeiro conosco, quando meu pai foi eleito deputado. Na ocasião em que as febres reapareceram na fazenda de Itaguaí, meu pai lhe pediu que fosse ver nossos escravos. José Dias ficou mudo por alguns momentos, suspirou e acabou confessando que não era médico. Dizia passar-se por doutor, para fazer propaganda da nova escola de medicina, mas a consciência não lhe permitia aceitar mais doentes.

– Mas... você curou das outras vezes.

– Sim, mas não fui eu quem curou. Foram os remédios indicados no livro. Eu era um charlatão. Tentei servir aos pobres usando de mentiras, mas é tempo de dizer a verdade.

José Dias pediu que fosse demitido. Não foi; meu pai e minha família já não podiam ficar sem ele. Tinha o dom de se fazer necessário, sentíamos falta dele quando não estava por perto, como se fosse da família. Quando meu pai se foi, José

Dias quase morreu com ele. Sofreu verdadeiramente como um membro da família; ou assim me disseram, não me lembro. Minha mãe sentiu-se muito grata e não deixou que ele saísse de nossa casa.

Acabou ficando e nunca mais saiu. Com o tempo, adquiriu certa autoridade na família, procurando sempre opinar obedecendo.

Os três viúvos

Em nossa casa viviam três viúvos: minha mãe, prima Justina e tio Cosme.

Tio Cosme trabalhava como advogado no foro, na área criminal. José Dias não perdia os discursos de defesa de meu tio. Em casa, os dois discutiam os casos, e o agregado elogiava e frisava os pontos mais importantes da defesa do nosso causídico. Tio Cosme, por mais modesto que quisesse ser, sorria envaidecido.

Minha mãe era boa criatura. Tinha quarenta e dois anos naqueles idos de 1857 e ainda era muito bonita, apesar de tentar esconder isso. Quando meu pai morreu, tinha trinta e um. Poderia ter voltado a Itaguaí, mas preferiu ficar perto da igreja em que o marido fora sepultado. Vendeu a fazenda e os escravos, comprou alguns outros e os pôs ao ganho ou alugou na cidade. Também recebeu algumas apólices e continuou a morar na casa de Mata-cavalos, onde vivera os dois últimos anos de casada.

Sempre com um vestido escuro, com um xale preto, os cabelos presos, ela insistia em esconder a juventude que se recusava a desaparecer. Passava da manhã até a noite supervisionando e cuidando da casa.

Tenho na parede um retrato dela com meu pai, tal como havia na casa original. Minha mãe está linda, com vinte anos, parece oferecer a rosa que tem nas mãos ao marido.

O retrato mostra um casal feliz, além das tristezas e problemas do dia a dia. O que se vê na imagem é que, se existe uma loteria da felicidade conjugal, eles tiraram o bilhete premiado em sociedade.

Faz-me pensar que não se deve nunca abolir as loterias. Nenhum premiado jamais as acusou de imorais. Aqui tenho dois bons exemplos disso. São como fotografias da felicidade.

É tempo

Bom, vamos voltar àquela tarde de novembro, uma tarde limpa e agradável, tranquila como era possível ser, quando verdadeiramente iniciou minha vida. Tudo o que aconteceu antes foi uma espécie de preparação do que viria a seguir, como se fosse uma peça de teatro bagunçada. Como me disse um velho tenor italiano: "A vida é uma ópera. Deus criou o texto, e o diabo fez a música. Mas, como estavam brigados, o destino dos personagens ficou confuso". Se for verdade...

A promessa

Assim que José Dias desapareceu no corredor, corri à varanda do quintal. Já sabia o motivo das lágrimas da minha mãe: a promessa. História antiga, que data de antes do meu nascimento.

Tendo nascido morto o primeiro filho, minha mãe se apegou a Deus para que o segundo vingasse, prometendo que, se fosse homem, iria torná-lo padre. Acho que esperava uma menina, e nunca comentou sobre a promessa com o marido. Pensava em contar a ele quando eu entrasse na escola. Mas meu pai morreu antes disso. Viúva, dividia-se entre o medo de separar-se de mim e o temor a Deus. Por isso, relatou tudo a nossos parentes, para ter testemunhas da obrigação.

Minha mãe fez o possível para adiar nossa separação, inclusive trouxe o padre Cabral, velho amigo de tio Cosme, para ensinar-me as primeiras letras, latim e doutrina.

Promessas tão velhas obviamente vão-se dissolvendo com o tempo. Curioso que eu fui-me acostumando à ideia de pertencer à Igreja. Costumávamos brincar de missa, eu e Capitu. Montávamos um altar, ela servindo de sacristão e eu oficiando a cerimônia. Fazíamos isso escondidos, pois minha mãe dizia que missa não era coisa de brincar. A hóstia? Era sempre um doce. A brincadeira era tão comum que minha vizinha costumava perguntar: "Hoje não vai ter missa?". Ia então pedir hóstias por aí, enrolava um latim qualquer, de preferência o mais rapidamente possível, para comermos o doce logo. Não bebíamos vinho nem água porque não tínhamos o primeiro, e a segunda ia estragar a sensação de sacrifício.

Eu pensava que a promessa já havia sido esquecida. Nos últimos tempos não se falava do seminário em casa.

A varanda

Fiquei tonto depois de ouvir a conversa de José Dias e minha mãe. Atravessei meio torto o quintal, andando sem direção, com o coração batendo forte. Ouvia vozes repetindo:

"Sempre juntos..."

"Em segredinhos..."

"Se eles pegam de namoro..."

Alguma coisa estava ocorrendo dentro de mim. Sentia-me ao mesmo tempo feliz e assustado, sorrindo como se tivesse descoberto algo novo e antigo simultaneamente. Ria sem perceber, um riso de satisfação que desmentia o possível medo de pecar. E as vozes repetiam-se na minha mente:

"Em segredinhos..."

"Sempre juntos..."

"Se eles pegam de namoro..."

Um coqueiro velho, vendo-me assim estranho e feliz, murmurou que não era feio que meninos de quinze anos andassem pelos cantos com meninas de quatorze. Pelo contrário. Afinal, o que mais dois adolescentes dessa idade poderiam fazer? Sou obrigado a admitir que acreditava mais em coqueiros velhos do que em livros. Todos os outros seres vivos do quintal pareciam ter a mesma opinião. Pássaros, borboletas, cigarras me diziam que aquilo estava certo. Era como se o mundo entrasse nos eixos subitamente.

Será que eu amava Capitu e era correspondido? Realmente andávamos juntos o tempo todo, mas não acontecia nada de diferente entre nós. Antes de ela ir para o colégio, apenas brincávamos como duas crianças e, depois que saiu de lá, perdemos essa intimidade. Fomos reconstruindo nossa relação aos poucos, e no último ano era completa. Nós sempre conversávamos as mesmas coisas. Capitu me chamava às vezes de bonito, rapagão, às vezes pegava em minha mão para contar meus dedos.

Comecei a recordar esses momentos com uma felicidade nova. O prazer que eu sentia quando ela passava a mão pelos meus cabelos, dizendo que os achava lindíssimos. Sem repetir o carinho, eu retrucava que os dela eram muito mais bonitos. Capitu então balançava a cabeça, com uma certa tristeza, como se não acreditasse em mim. Era estranho, porque ela realmente tinha cabelos maravilhosos.

Quando Capitu me perguntava se havia sonhado com ela na véspera, e eu respondia que não, ela sempre contava dos sonhos que tinha comigo. Eram sempre aventuras extraordinárias, em que voávamos pela lua, ou que tínhamos subido o Corcovado pelo ar. Em todos esses sonhos andávamos juntos. Os meus eram mais simples, na maioria das vezes reproduzindo uma parte do nosso cotidiano juntos, um gesto ou algo assim. Capitu comentou que meus sonhos não eram tão bonitos quanto os dela. Fui obrigado a concordar com ela, mas retruquei, sem pensar, que eram tão bonitos quanto a pessoa que sonhava. Ficou muito vermelha quando lhe disse isso.

Graças a José Dias, eu agora compreendia o prazer que essas recordações me davam. A emoção era doce e nova, mas o motivo eu não entendia. Percebi que nos últimos dias tinha acordado pensando em Capitu, ouvindo a sua voz ou sentindo a sua presença. Até mesmo na missa eu pensava nela, com intervalos, é verdade, mas exclusivamente nela.

Isso me revelou José Dias, pois eu ainda não entendia os meus próprios sentimentos. Naquele momento, por ter aberto meus olhos para o que se escondia no meu coração, ele foi mais útil que nocivo. Eu amava Capitu! E ela me amava! Essa simples verdade teve mais valor e mais prazer do que todas as outras do mundo juntas. Tal sentimento nunca foi esquecido, nem jamais comparado a qualquer outra sensação. Naturalmente por ser minha. Naturalmente por ser a primeira.

Capitu

De repente, ouvi bradar uma voz de dentro da casa:

– Capitu!

E no quintal:

– Mamãe!

E outra vez na casa:

– Venha cá!

Não consegui me segurar. Minhas pernas tomaram vida e caminharam sozinhas para o quintal vizinho. Elas tinham esse costume, tanto à tarde quanto de manhã. Como você deve saber, as pernas costumam reagir sozinhas quando a cabeça anda meio perdida. Chegaram ao pé do muro e passaram pela porta que minha mãe tinha mandado colocar entre os dois quintais. Era a nossa porta, minha e de Capitu. Éramos seus principais usuários, pois era através dela que vivíamos andando de uma casa para outra.

– Capitu!

– Mamãe!

– Pare de fazer buracos nesse muro e venha cá.

Ouvi a voz da mãe mais perto, como se ela estivesse na porta dos fundos da casa. Quis cruzar o muro, mas as pernas, subitamente, pareciam ter desistido do caminho, assim como o tinham começado. Enfim, fiz um esforço por mim mesmo e passei. Capitu estava lá, riscando alguma coisa no muro com um prego. Quando entrei no quintal, ela voltou-se para mim e encostou rapidamente no muro, escondendo algo. Eu devia estar com uma cara estranha, porque ela disse inquieta:

– O que você tem?

– Eu? Nada.

– Nada, não; você tem alguma coisa.

"Nada", eu queria repetir. Mas não pude. Meu coração saía pela boca, minha cabeça girava. Não conseguia tirar os olhos dela, de Capitu e de seu rosto. Os cabelos negros e volumosos, divididos em duas tranças atadas, conforme a moda da época, eram compridos, passavam do meio das costas. Tinha quatorze anos e era morena, rígida e cheia. Usava um vestido simples e desbotado, mas que nela ficava lindo. Aqueles olhos claros e grandes, aquele nariz reto e comprido, a boca fina, as mãos doces e bem cuidadas, apesar de se prestarem a alguns trabalhos rudes.

– O que você tem? – repetiu.

– Nada – balbuciei finalmente.

E emendei:

– Tenho algo para lhe contar.

– O quê?

Pensei em dizer que iria para o seminário e ver sua reação. Se ficasse triste, é porque gostava de mim; se não, é que não gostava. Mas desisti. Todo esse cálculo foi obscuro e rápido; senti que não poderia falar claramente ainda, minha vista estava nublada...

– Então?

– Você sabe...

Nisso olhei para o muro, no lugar em que ela estivera esburacando, como dissera a mãe. Vi uns riscos e lembrei-me do gesto de Capitu para escondê-los. Quis olhá-los de perto e dei um passo; ela tentou me impedir, primeiro me segurando e depois tentando apagar o que estava escrito. Foi o mesmo que me pedir para ler.

A inscrição

Tudo o que contei no capítulo anterior passou num piscar de olhos, e o que aconteceu em seguida foi ainda mais rápido. Corri e, antes que ela apagasse, consegui ler:

BENTO
CAPITOLINA

Capitu olhava para o chão. Depois fitou-me devagar, e ficamos olhando um para o outro. Confissão de crianças. Não falamos nada, o muro dizia por nós. Não nos movemos, mas aos poucos nossas mãos se estenderam e entrelaçaram. Todas quatro. Esqueci de marcar a hora exata desse gesto. Devia ter anotado; sinto falta de uma nota escrita naquela mesma noite, para tentar capturar os pormenores daquele momento. Eu a teria colado aqui integralmente, mesmo com os possíveis erros de ortografia da adolescência, apesar de ter certeza de que não haveria nenhum, pois na época eu já era um perito nas orgias da escrita, porém virgem de mulheres.

Nossas mãos não se soltaram nem ficaram cansadas. Olhávamos seguidamente um para o outro... Futuro padre, eu estava diante dela como de um altar, sendo sua boca a hóstia, e seu rosto, o cálice. Estávamos os dois ali como nos céus, unidos em um só, através de nossas mãos. E nossos olhos transmitiam coisas indizíveis e infinitas, que nossas bocas não podiam falar.

Outra voz repentina

Ouvi uma voz de homem:

– Vocês estão jogando o siso?

Era o Pádua, pai de Capitu, que estava na porta dos fundos. Ficamos atrapalhados e soltamos rapidamente as mãos. Disfarçadamente, a menina foi até o muro e riscou nossos nomes com o prego.

– Capitu! Não estrague o reboco do muro.

Veio ver o que estava rabiscado. Capitu riscava nossos nomes do muro ao mesmo tempo que desenhava um rosto. Quando o Pádua chegou mais perto, a filha lhe disse que era um retrato dele. Isso fez com que o velho risse, o que era essencial. Mas ele não estava zangado, chegou todo meigo, apesar do nosso claro desconforto. Era um homem baixo, de membros curtos e costas curvas, de onde veio o apelido de Tartaruga, que José Dias lhe pôs. Ninguém o tratava assim lá em casa, exceto o agregado.

– Vocês estavam jogando o siso? – insistiu.

Desconcertado, olhei para uma árvore que ficava perto. Capitu respondeu por nós dois.

– Estávamos, sim, senhor, mas Bentinho ri logo, não aguenta ficar sério por muito tempo.

– Mas ele não estava rindo.

– Ah, ele perdeu todas as outras vezes, não consegue jogar comigo. Quer ver, papai?

Capitu ficou séria e olhou-me fundo nos olhos, convidando-me para o jogo. Porém, eu estava tão petrificado com a chegada do Pádua que não fui capaz de rir, para completar o teatro de Capitu. Cansada de me esperar, ela desviou o rosto, dizendo que eu não riria dessa vez porque o pai estava ali. Nem assim consegui rir. Existem coisas que, ou se nasce sabendo, ou leva tempo para aprender. E é melhor nascer sabendo do que ter de aprender. Capitu foi então conversar com a mãe na porta de casa, deixando-me sozinho com o velho.

– Quem diria que esta menina tem só quatorze anos? Parece dezessete. Mamãe está boa? – perguntou, voltando-se para mim.

– Está.

– Faz tempo que não a vejo. Estou com vontade de dar uma surra no doutor Cosme no gamão, mas não posso, tenho tido muito trabalho da repartição em casa. Você já viu o meu gaturamo? Está ali no fundo. Venha ver.

Nem é preciso dizer que eu não me interessava nem um pouco em ver o gaturamo, ou o sabiá, ou o que quer que fosse. Meu desejo era ir atrás de Capitu e falar-lhe do mal que iria nos separar. Mas o Pádua era o Pádua e amava muito seus passarinhos. Tinha de vários tamanhos, cores e espécies, em uma área cercada e cheia de gaiolas da casa. Faziam um barulho dos infernos. Quando ficavam doentes, o homem tratava deles como se fossem gente.

Um plano

Estávamos sozinhos na sala, eu e Capitu, quando lhe contei a má notícia. Expliquei a situação, e ela ficou branca como papel.

– Mas eu não quero – acrescentei sem demora –, não quero entrar em seminário nenhum.

Capitu não disse nada. Olhava no vazio, a boca entreaberta. Para dar forças às minhas afirmações, comecei a jurar que não seria padre. Naquele tempo eu jurava muito, pela vida e pela morte. Jurei que morreria antes de entrar no seminário. Mas ela parecia não me ouvir, como se eu não estivesse lá. Pensei em chamá-la, sacudi-la, mas me faltou ânimo. Finalmente ela voltou a si, mas estava ainda branca, e se pôs a berrar:

– Beata! Carola! Papa-missas!

Fiquei assombrado. Capitu e minha mãe se gostavam muito, não consegui entender aquela raiva toda. Hoje sei que a ameaça de separação fez com que agisse assim. Ela gostava de minha mãe, mas gostava ainda mais de mim. Mas como explicar a grosseria, xingar desta forma uma pessoa que sempre a tratara bem, que lhe dava presentes, mesmo ante a ameaça de nos separarmos?

Tentei defender minha mãe, mas Capitu continuou a chamá-la de carola, de beata, em voz tão alta e com tanta raiva que fiquei com medo que alguém ouvisse. Nunca a vi tão irritada, parecia ser capaz de qualquer coisa. Eu, assustado, não sabia o que dizer. Só conseguia repetir o juramento de não ir para o seminário em hipótese alguma.

– Você? Aposto que vai.

– Não vou.

– Vamos ver se você vai ou não.

Ficou em silêncio outra vez. Quando voltou a falar, estava séria, sem nervosismo. Quis saber pormenores da conversa de minha mãe com José Dias, quem tinha dito o quê. Contei-lhe tudo, menos a parte que falavam dela.

– E por que José Dias tinha de lembrar disso? Que interesse ele tem em mandar você para o seminário? – perguntou-me, por fim.

– Acho que nenhum, foi só para fazer maldade. É um sujeito ruim, mas ele não perde por esperar. Quando eu for dono da casa, vou botá-lo na rua! Mamãe é boa demais, dá muita atenção ao que ele fala, até mesmo chorou!

– José Dias?

– Não; mamãe.

– Chorou por quê?

– Não sei; só ouvi tio Cosme pedindo que ela não chorasse. Acho que José Dias se arrependeu da besteira que fez. Mas, deixe estar, ele me paga!

Eu disse isso com raiva, cerrando o punho no ar. Hoje, lembrando disso, não me acho ridículo. Ameaçar muito sem fazer nada é um dos privilégios da infância. Mais triste e perigoso é continuar a fazer isso na maturidade ou, pior ainda, na velhice.

Capitu refletia. Isso não era incomum nela, e era possível reconhecer esses momentos quando apertava bem os olhos. Perguntou-me sobre detalhes da conversa, o que exatamente cada um tinha dito, e procurava capturar todos os pensamentos dos envolvidos naquela discussão. Capitu pareceu entender as lágrimas de minha mãe, que não queria me fazer padre por maldade, mas por causa de uma antiga promessa que não podia deixar de cumprir, pois era muito religiosa. Senti-me melhor. Capitu reparara as injúrias que dissera sobre minha mãe. Segurei forte sua mão. Ela riu muito, como se tivesse finalmente entendido. Um negro que vendia cocadas chegou nesse momento e ofereceu:

– Sinhazinha, qué cocada hoje?

– Não – respondeu Capitu.

– Cocadinha tá boa.

– Vá-se embora – replicou ela, mas sem rispidez.

– Eu quero! – disse eu, antes de receber duas.

Tive de comê-las sozinho; Capitu não quis. Aparentemente, em momentos difíceis como esse, eu ainda tinha fome de cocadas, ao contrário dela. O negro foi embora cantando:

Chora, menina, chora,
Chora, porque não tem
Vintém.

Cantiga comum de todas as tardes. Eu e Capitu a ouvimos diversas vezes e sabíamos a letra de cor. Naquele dia, entretanto, a música pareceu aborrecê-la. Acho que era a letra que a incomodava, porque logo depois ela disse:

– Se eu fosse rica, você fugia, metia-se no paquete e ia para a Europa.

Como pode ver, bom leitor, aos quatorze anos Capitu já tinha ideias bem avançadas para sua idade. Mais tarde ela teria muitas outras, mas já estou me adiantando.

Capitu era deste tipo: capaz de criar pequenos planos, que juntos fariam com que seus objetivos se realizassem. Não sei se me explico bem. Vejamos, se ela decidisse que eu deveria ir para a Europa, não me colocaria simplesmente no navio e me mandaria para lá. Muito provavelmente, ela enfileiraria canoas, daqui até a margem do outro lado do oceano, e eu, andando, pensaria estar seguindo até a ilha do Governador.

A cabeça de minha amiga funcionava assim. Analisava quem poderia nos ser útil e pensava em que métodos poderíamos usar para atingir nossos objetivos. Descartou tio Cosme. Ele não tinha intenção de se indispor com a vontade de minha mãe.

Prima Justina era uma boa opção. Melhor ainda seria trazer o padre Cabral para o nosso lado, mas ele não tiraria uma alma do caminho do sacerdócio, a não ser que eu lhe confessasse a falta de vocação para a batina...

– Devo falar com o padre Cabral? – perguntei.

– Sim, mas isso seria se expor muito. É mais conveniente falar com José Dias...

– Mas por que José Dias? Se foi ele mesmo que recomeçou essa história!

– Não importa – continuou Capitu. – Ele gosta muito de você. Não seja medroso. É importante não demonstrar medo. Dê a entender que você vai ser o dono da casa. Seja firme. Faça alguns elogios; ele adora ser elogiado. Dona Glória ouve o que ele fala, mas o principal não é isso. É que ele, tendo de servir a vocês, falará com muito mais vontade que outra pessoa.

– Não sei, Capitu.

– Então vá para o seminário.

– Isso não.

– Mas o que custa experimentar? Faça o que eu disse. Pode ser que dona Glória mude de ideia. Do contrário, tentaremos outra coisa, e aí você conversa com o padre Cabral. Lembra-se do que houve no teatro há uns dois meses? Sua mãe não queria ir, e bastava isso para que José Dias não teimasse; mas ele queria ir e fez um discurso, está lembrado?

– Sim; ele disse que o teatro era uma escola de costumes.

– Exatamente. José Dias insistiu tanto que dona Glória acabou consentindo. E, claro, pagou a entrada dos dois... Vá lá, peça a ele, mande se for preciso. Diga-lhe que você quer estudar direito em São Paulo.

Estremeci de prazer. São Paulo se transformou na cortina que me separaria da vida comum, em vez da parede intransponível do seminário. Prometi conversar com José Dias sobre isso. Capitu repetiu diversas vezes os argumentos que eu deveria utilizar. Perguntou detalhes, como se estivesse me testando sobre uma tabuada que eu precisaria decorar. Frisou alguns pontos, para ter certeza de que eu falaria da forma correta.

Conto tudo isso para que o leitor entenda quem era minha amiga naquela manhã antiga. Pois logo virá a tarde próxima, e a noite quase recente, e então se fará o primeiro dia, como no Gênesis, em que se fizeram sete.

Sem falta

Voltei para casa à noite. Fui pensando e repensando as instruções de Capitu para minha conversa com José Dias. Pesei as palavras para que não soassem arrogantes ou, ao contrário, passassem a impressão de favor desesperado. Antes de entrar em casa, disse as palavras em voz alta para ter certeza de que não estavam fora do tom necessário para a ocasião.

"Preciso falar-lhe sem falta, escolha o lugar." Falei lentamente, avaliando o discurso e seu impacto. Acabei por concluir que as palavras em si pouco importavam. O que interessava era que o tom não fosse ríspido ou arrogante. Mesmo porque ficaria ridículo vindo de um moleque como eu para um adulto maduro como José Dias. "Capitu tem razão", pensei. "A casa é minha, ele é um simples agregado... Pode muito bem desfazer a besteira que aprontou e me ajudar a tirar essa ideia da cabeça de mamãe."

Mil padre-nossos e mil ave-marias

Olhei para o céu e prometi firmemente: "Rezo mil padre-nossos e mil ave-marias se José Dias arrumar um jeito para que eu escape do seminário".

A quantidade de rezas era absurda. Fiz isso porque andava em débito com o Todo-poderoso. Tinha mania de prometer padre-nossos e ave-marias pelos mais variados motivos. As primeiras promessas eu paguei, mas depois a preguiça foi diluindo as dívidas na minha memória. A última tinha sido para que não chovesse em uma tarde de passeio a Santa Teresa. Esta também não fora paga.

Comecei então a elevar o número, como se estivesse aumentando o valor de uma aposta em um jogo de pôquer com Deus. O dobro ou nada. O céu fazia-me o favor, e eu adiava o pagamento. Como matar a preguiça de uma alma? Eu trazia a mesma desde que nasci.

"Mil, mil", disse para mim mesmo.

O assunto agora valia mil rezas.

"Mil, mil", repeti.

Prima Justina

Encontrei prima Justina na varanda, andando de um lado para o outro. Quando me viu, perguntou-me onde eu andava.

– Estava conversando com dona Fortunata e me distraí. Mamãe perguntou por mim?

– Perguntou, mas eu disse que você já tinha vindo.

A mentira me espantou. Prima Justina não era perfeita, mas admitir que havia mentido era coisa nova. Vivia de favor em nossa casa, pois minha mãe queria ter uma amiga morando conosco. Melhor se fosse uma parente.

Ficamos algum tempo na varanda. Prima Justina quis saber se eu me esquecera da promessa de minha mãe. Respondi que não. Ela atalhou:

– Mas gostaria de ser padre?

– É muito bonita a vida de padre.

– Sim, é bonita; mas o que pergunto é se você gostaria de ser padre – explicou, rindo.

– Eu gosto do que mamãe quiser.

– Prima Glória quer muito que você se torne padre. E, mesmo que não quisesse, alguém aqui em casa não a deixaria esquecer a promessa que fez.

– Quem?

– Quem? Quem você imagina? Primo Cosme não é; eu, muito menos.

– José Dias? – concluí.

– Naturalmente.

Fingi que não sabia do que ela estava falando. Prima Justina descreveu a conversa que eu havia escutado.

– Como sua mãe pode esquecer essa conversa de seminário, se existe alguém sempre pronto para relembrá-la? E esse homem tem aquele jeito de falar que você conhece, com aquelas frases difíceis e sempre enaltecendo a vida de padre. Mas eu e você sabemos que ele é tão religioso quanto esta parede. Hoje à tarde, falou tanto que você nem imagina.

– Mas falou à toa? – perguntei, para ver se ela contava sobre o meu namoro com Capitu.

Prima Justina não disse mais nada. Apenas relembrou-me de tudo o que detestava no agregado, um intrigante, um puxa-saco, que parecia delicado, mas não passava de um grosseirão.

Não pude mais aguentar e perguntei:

– A senhora seria capaz de me fazer um favor? Poderia pedir a mamãe, a respeito dessa história do seminário...

– Não tenho nada para dizer a sua mãe sobre o assunto. Ninguém vai tirar essa ideia da cabeça dela, só o tempo. Você era um bebê quando prima Glória contou a todos nós essa promessa. Se ela me perguntasse, eu seria franca e diria que, para ser padre, é preciso antes querer muito. Se não, é melhor tomar outro rumo na vida. Agora, falar a ela sem ser perguntada, isso não.

Sensações alheias

Acabei me arrependendo de pedir qualquer coisa a prima Justina. Ela me segurou na varanda mais alguns momentos, puxando assunto, como se quisesse ganhar tempo, e depois comentou de Capitu.

Ao contrário do que eu esperava, falou muito bem de minha amiga. Elogiou sua beleza, seus modos, disse que estava admirada de ver o quanto ela gostava de minha mãe. Falou isso de tal forma que não me contive e acabei concordando com os elogios. Mais: acrescentei outros detalhes do porquê de Capitu ser única.

Com certeza, transpareceu no meu rosto o que eu sentia ouvindo minha prima elogiar Capitu. Isso deve ter mostrado a ela que as suspeitas de José Dias estavam corretas. É claro, só percebi esse deslize mais tarde, quando estava na cama.

Após algum tempo, prima Justina começou a fazer críticas a Capitu, dizendo-me que a menina era um pouco manhosa e outras coisas do gênero.

Prazo dado

— Preciso falar-lhe amanhã, sem falta; escolha o lugar e diga-me.

José Dias achou estranho o modo com que me dirigi a ele, pude ver em seu rosto. Não foi o tom, ou as palavras, mas o imperativo, de ordem. Não consigo me lembrar de outra ocasião em que tivesse lhe falado assim. Foi no corredor, quando íamos para o chá.

– Amanhã, na rua. Tenho de fazer umas compras, e você

pode ir comigo, pedirei a sua mãe – disse-me ele. – Não vou perguntar do que se trata, mas percebo que deve ser um assunto sério.

– Sim, senhor.

– Até amanhã, então.

Tudo aconteceu da melhor forma possível. Apenas minha mãe insistiu que não fôssemos a pé por causa do calor.

De mãe e de servo

José Dias me tratava simultaneamente como filho e patrão. Costumava corrigir meus erros de português quando eu tinha oito anos, e auxiliava o padre Cabral na minha educação. Não podia errar um plural na sua frente e ele já me retificava o engano. Mas também me elogiava para mamãe e meu professor. Dizia que eu era um prodígio de inteligência e que tinha uma moral sólida. Eu não entendia completamente o valor deste segundo elogio, mas gostava mesmo assim.

No passeio público

Quando chegamos à rua, tomei coragem de começar o assunto:

– Faz tempo que não venho aqui, talvez um ano.

– Acho que não – atalhou ele. – Há uns três meses, você esteve aqui com o nosso vizinho Pádua; não se lembra?

– É verdade, mas foi de passagem...

– Ele pediu à sua mãe que você viesse junto para lhe fazer companhia, e ela, que é boa como Nossa Senhora, consentiu. Mas, já que falamos nisso, não é bom que você ande com o Pádua por aí.

– Mas eu já andei tantas vezes...

– Antigamente, quando você era mais novo, não era tanto um problema. Ele podia passar por seu criado. Mas agora não fica bem. É capaz de tomar confiança. Sua mãe não deve apreciar isso. A família do Pádua não é de todo ruim. Capitu, apesar daqueles olhos que o diabo lhe deu... Você já reparou nos olhos dela? São assim de cigana oblíqua e dissimulada. Contudo, ela seria aceitável se não fosse a vaidade e a adulação. Oh! A adulação!

"Dona Fortunata, sem dúvida, merece nossa estima, e o próprio Pádua é um homem honesto. Mas isso não é o suficiente. Saiba, Bentinho, que ele anda em más companhias, o que põe a reputação de um homem a perder. Quanto pior a pessoa, mais o Pádua a aprecia. Em se tratando de vulgaridade, ele tem os melhores amigos. Não digo isso porque tenha raiva dele, nem porque ele fale mal de mim pelas costas..."

– Eu nunca o ouvi falar mal do senhor! Ao contrário, eu o ouvi dizer que o senhor era "um homem de capacidade e sabia falar como um deputado".

José Dias sorriu deliciosamente, mas fez um esforço grande e fechou a cara outra vez; depois replicou:

– E daí? Outras pessoas muito melhores e mais capacitadas têm feito elogios a mim. Elogiar-me não muda o principal, que é o que eu lhe disse sobre ele.

Andamos mais um pouco e paramos para olhar o mar.

– Eu sei que o senhor não quer outra coisa que não o meu bem – disse eu, depois de alguns instantes.

– Que mais eu haveria de querer, Bentinho?

– Neste caso, preciso lhe pedir um favor.

– Um favor? Mande, ordene, que é?

– Mamãe... – não pude dizer o resto.

– Mamãe o quê? O que tem sua mãe?

– Mamãe quer que eu seja padre, mas não posso – falei, finalmente.

José Dias ficou pasmo.

– Não posso – continuei –, não tenho vocação para isso. Não gosto da vida de padre. Faço tudo o que mamãe me pedir, você sabe. Mas a vida de padre não é para mim.

Não expliquei dessa forma simples que o texto faz pensar. As palavras saíram aos poucos, entrecortadas, medrosas. Mas José Dias ouviu tudo espantado. Não só pela minha resistência em seguir a vontade de minha mãe, mas também por dizer isso de forma tão definitiva.

– Preciso muito que o senhor me ajude.

Todo o rosto de José Dias era assombro. Se eu toquei seu coração com esse pedido de auxílio, ele não demonstrou. Nem mesmo eu estava me reconhecendo! Quando se recuperou do susto, ele perguntou:

– Mas o que posso fazer?

– O senhor pode muito. Todos em casa respeitam muito a sua opinião. Mamãe pede os seus conselhos, tio Cosme sempre diz que o senhor é uma pessoa de talento...

– Opiniões de pessoas maravilhosíssimas, que merecem o mundo. Sua mãe é a melhor das mulheres na terra, e seu tio, um cavalheiro perfeitíssimo. O que o senhor Cosme pensa de mim está correto, mas eu só tenho um talento: o de saber o que é digno de ser admirado.

– O senhor também possui o dom de proteger os amigos, como eu.

– Que é que eu posso fazer, anjo do céu? Não posso convencer sua mãe de uma promessa feita a Deus. Ontem mesmo ela me disse: "José Dias, preciso colocar Bentinho no seminário".

A timidez tem suas vantagens. Se eu não fosse tão tímido, teria pulado em seu pescoço e gritado de indignação pela mentira que ele acabara de dizer. Mas teria de admitir que escutei a história toda por trás da porta.

– Mas o senhor ainda pode convencê-la a não fazer isso, se quiser.

– Se eu quiser? Tudo o que eu quero é servi-lo! Desejo apenas que seja feliz como merece.

– Não digo isso porque não quero fazer nada da vida. Estou pronto para tudo, talvez até estudar direito em São Paulo.

As leis são belas

Os olhos de José Dias se iluminaram. Ele pareceu absorto em seus pensamentos durante algum tempo, e estava quase sorrindo quando disse:

– Vou falar com sua mãe, Bentinho. Não posso prometer nada, mas trabalharei sinceramente para que você possa seguir sua verdadeira vocação. Você sabe, as leis são belas, meu querido... Pode ir para São Paulo, Pernambuco, ou talvez para lugares ainda mais interessantes. As melhores universidades estão longe, no exterior. Vou procurar dona Glória, mas não conte só comigo, peça também a ajuda de seu tio.

– Falarei com ele também, pode deixar.

– E não deixe de rezar a Deus e à Virgem Santíssima – concluiu, apontando para o céu.

José Dias ria um riso de satisfação e olhava para o mar como se pudesse ver o que estava na outra margem. Uma de suas ambições era voltar à Europa, falava sempre de lá sem conseguir convencer minha mãe ou tio Cosme a uma viagem. Suponho que nunca havia pensado em visitar novamente o Velho Continente em minha companhia, durante os infinitos anos de meus estudos.

– E por que não estudar leis fora daqui? Podemos ir juntos, ouviremos outras línguas. Dona Glória provavelmente não poderá acompanhá-lo; e, ainda que possa, não vai querer gerenciar os negócios, as reservas em pousadas, toda aquela parte enfadonha de qualquer viagem, e além disso levar você de um lado a outro... Oh! as leis são belíssimas!

– Sem dúvida que são, peça a mamãe que não me coloque no seminário.

– Vou pedir, mas isso não quer dizer que conseguirei. Anjo do meu coração, se Deus permitir, estamos a bordo! Ah! Você não imagina o que é a Europa. Oh! Europa... Estamos a bordo, Bentinho, estamos a bordo!

Na rua

Quando saímos do passeio público, um mendigo pediu uma esmola. José Dias passou reto, mas eu pensei no seminário, em Capitu, e dei-lhe dois vinténs. Falei a ele que rezasse a Deus para que eu pudesse satisfazer todos os meus desejos.

– Sim, meu devoto!

– Chamo-me Bento – acrescentei.

O homem grave e comedido em público que era José Dias deu lugar a um feliz e saltitante senhor, que me parava para contar detalhes de uma peça de teatro ou comentar isto ou aquilo. Aos poucos, aquela súbita demonstração de alegria foi se diluindo, e ele voltou a ser o homem de andar lento e grave. Isso me fez pensar que havia mudado de ideia. Não percebi que essa mudança era natural, comecei a tratá-lo com palavras e gestos carinhosos até que chegamos ao ônibus.

O imperador

Quando estávamos no meio do caminho, vimos a carruagem do imperador descendo a ladeira, vindo da Escola de Medicina. O ônibus parou, e todos os passageiros desceram e tiraram o chapéu, até que o soberano passasse. Tive então uma ideia genial: pedirei a ele que interceda em meu favor.

Imaginei então o imperador chegando a minha casa, sendo recebido por minha família. Os vizinhos todos olhando pelas janelas a chegada do coche imperial. O monarca desceria da carruagem e seria recebido por minha mãe no jardim. Ele daria a mão a beijar, e dona Glória acudiria rapidamente com uma mesura. Então ele diria, todo risonho: "Não mande seu filho ao seminário". E minha mãe concordaria; entre feliz e obediente, prometeria que não.

– A medicina, por que não manda ensinar medicina ao garoto?

– Se esta é a vontade de Vossa Majestade...

– Envie-o a nossa escola. Medicina é uma linda carreira, ele tratará das moléstias, será um homem que cuidará de sua saúde na velhice. Nós temos excelentes professores, tão bons quanto os do exterior. Nunca foi à nossa escola? É uma bela escola. Faça isso por mim, sim? Você quer, Bentinho?

– Mamãe querendo...

– Quero, meu filho. Sua Majestade manda.

Então o imperador daria outra vez a mão a beijar e iria embora, acompanhado de todos nós, a rua cheia de gente, as janelas lotadas de vizinhos.

Esse sonho me consolou durante alguns minutos, até perceber o quanto era impossível. Voltei-me então para as caras sem sonhos dos meus companheiros de ônibus.

O Santíssimo

Aquele sonho com o imperador demonstrava o quanto eu não desejava sair do Rio de Janeiro. São Paulo era aceitável, mas ir para a Europa... parecia longe, muitíssimo longe. Viva a medicina! Iria contar esta nova esperança a Capitu.

Alguém no ônibus disse:

– Vai sair a procissão do Santíssimo, acho que é Santo Antônio dos Pobres. Pare o ônibus! – O motorista parou o veículo, e o homem desceu.

José Dias olhou ao redor, puxou-me pelo braço e me forçou a descer com ele também. Realmente, o sino chamava os fiéis a acompanhar o Santíssimo. Fomos à igreja, onde o sacristão já começava a distribuir as opas. Era a primeira vez que eu participava de algo assim, tão sério, tão próprio da vida adulta. Nesse momento, entrou um sujeito esbaforido na sacristia. Logo o reconheci, era o meu vizinho, o Pádua, que também ia seguir a procissão. Veio logo cumprimentar-nos. José Dias fez uma cara fechada e apenas respondeu com um monossílabo.

O Pádua foi pedir ao sacristão uma das varas do pálio. José Dias também pediu.

– Só existe uma disponível – disse o sacristão.

– Então me dê esta – pediu José Dias.

– Mas eu tinha pedido primeiro – aventurou o Pádua, penalizado.

– Pediu primeiro, mas chegou tarde – retrucou José Dias. – Eu já estava aqui antes, e você cortou a minha frente. Leve uma tocha.

O pai de Capitu tinha medo de José Dias, isso estava claro. Mesmo assim insistiu, em um tom baixo de quem suplica. O sacristão tentou resolver o impasse, pedindo a outro dos presentes que cedesse sua vara do pálio para resolver a questão entre os dois. E alguém efetivamente a cedeu, mas José

Dias não se deu por vencido. Já que surgira uma nova vara, ele queria requisitá-la para mim, "jovem seminarista". O Pádua ficou duplamente pálido. O sacristão, por curiosidade, perguntou se eu era de fato seminarista.

– Ainda não, mais vai ser – respondeu José Dias, piscando o olho para mim. Apesar do tom de brincadeira, fiquei zangado.

– Bem, está certo. Carregue o pálio, Bentinho – suspirou o Pádua.

Se dependesse de mim, eu lhe teria cedido a vara, mas José Dias impediu essa generosidade, pedindo ao sacristão que fôssemos os dois primeiros, abrindo o cortejo. Lembrei-me de que o Pádua sempre carregava a tocha nessas ocasiões, mas na última vez ficara encarregado de levar o pálio. Foi ele mesmo que me contou, e explicou isso tomado pela alegria da distinção. Agora, que iria carregar pela segunda vez a honra, acabou retornando à antiga posição subalterna, graças à desfeita de José Dias. Cortava o coração vê-lo conduzindo a tocha, cabisbaixo, lá atrás. Enfim, fomos em frente.

Andamos até chegar à casa da doente a ser visitada. Era uma senhora viúva, tuberculosa, que tinha uma filha de quinze ou dezesseis anos. A moça chorava à porta do quarto. Não era bonita, e estava despenteada e desarrumada, com lágrimas nos olhos. A cena era, sem dúvida, de cortar o coração. Pobre coitada!

O vigário confessou a doente, deu-lhe comunhão e os santos óleos. O choro da moça ficou mais forte, e meus próprios olhos estavam marejados. Não pude suportar aquela dor que sufocava o ambiente e fugi. Fui para perto da janela. Tudo isso lembrou-me minha mãe, e ficou ainda pior. Pensei em Capitu e quase comecei a chorar também. Alguém no corredor me disse:

– Não chore assim!

Mas então pensei na Capitu da tarde anterior, escrevendo no muro nossos nomes. Lembrei-me de vê-la correr pelo quintal da casa do Pádua. De sua voz e do toque de nossas mãos. As tochas também mudaram, não estavam mais lúgubres, lembravam luzes de casamento. O sentimento foi tão forte que José Dias veio até mim e falou:

– Não ria assim!

Fiquei imediatamente sério. Estávamos de saída. A distância de retorno é sempre menor que a distância de ida, e realmente o trajeto foi curto e o peso da vara muito menor. Além disso, os rapazes da minha idade me olhavam com inveja e isso me enchia a alma de júbilo.

O Pádua, ao contrário, ia mais humilhado agora que no caminho de ida. Contudo, havia outros que também carregavam tochas e nem por isso iam tristes. Via-se que caminhavam com muita honra.

As curiosidades de Capitu

Capitu preferia tudo a me ver partir para o seminário. Em vez de ficar abatida com a hipótese de nossa longa separação, caso eu fosse mesmo estudar direito, mostrou-se até satisfeita. Quando lhe contei de meu sonho com o imperador, ela replicou:

– Esqueça, Bentinho, não vamos envolver o imperador nesse assunto. Fiquemos com a promessa de José Dias. Quando ele vai falar com sua mãe?

– Ele não me disse quando, prometeu que ia ver; mas que seria o mais rápido possível. E me pediu que rezasse a Deus e à Virgem.

Capitu quis que eu repetisse palavra por palavra o que José Dias dissera. Na verdade, ela queria saber cada mínimo detalhe da postura e dos gestos do agregado. Era minuciosa nessa análise e parecia pensar e repensar os pormenores do que eu dizia. Ela devia ouvir e classificar cada pequeno pedaço de informação que eu lhe dava, para consulta futura.

Contar estes detalhes não explica quem era de fato essa menina. Capitu era Capitu, isto é, uma criatura muito diferente, mais mulher do que eu era homem. Se eu não disse isso ainda, aqui está. Se disse, tudo bem. Existem certas coisas que precisam ser ditas diversas vezes para que permaneçam na cabeça do leitor.

Olhos de ressaca

Fui visitar minha amiga pela manhã. Dona Fortunata, que estava no quintal, nem me viu e já foi dizendo:

– Capitu está lá na sala, penteando o cabelo. Vá devagar que você consegue lhe dar um susto.

Tentei ser sorrateiro, mas ela me viu através do espelho. Voltou-se assim que entrei na sala:

– Aconteceu alguma coisa?

– Nada de mais – respondi. – Vim vê-la antes que o padre Cabral chegue para a lição. Como passou a noite?

– Bem. José Dias ainda não falou?

– Acho que não.

– Disse quando vai falar?

– Entre hoje ou amanhã. Ele pretende ir devagar para não assustar. Talvez minha mãe não tenha certeza do que quer.

– Claro que ela tem – interrompeu Capitu. – Nem sei se é possível mudar alguma coisa. Mas a nossa melhor esperança é José Dias. Que inferno, isto! Não desgrude dele, Bentinho.

– Pode deixar, vou pedir hoje mesmo.

– Você jura?

– Juro. Queria ver seus olhos, Capitu.

Lembrei-me de José Dias: "olhos de cigana oblíqua e dissimulada". Eu não fazia ideia do que era oblíqua, mas dissimulada sabia, e queria checar se era como José Dias havia falado. Capitu riu e achou estranho, mas deixou que eu olhasse. Olhei por tanto tempo, e tão detalhadamente, que ela deve ter imaginado que eu pensava em outra coisa. Seus olhos cresciam, cresciam, como se me engolissem e...

Não pense que sou tão ingênuo a ponto de achar que essa conversa de namorados seja a realidade. Mas não consigo imaginar outra forma de descrever aqueles olhos. Como posso descrevê-los, então? Olhos de ressaca? Está certo, de ressaca.

É o que mais se aproxima daqueles olhos que tinham algo de fluido misterioso e revolto, como uma força da natureza, como se fosse o mar violento.

Para não me afogar naqueles olhos, agarrei-me às orelhas, aos braços de Capitu, mas existia algo naquelas pupilas que continuavam a me puxar, a me arrastar. Quantos minutos gastamos naquele jogo? Não faço ideia. Uma eternidade, ou alguns minutos. Acabei por segurar os cabelos, mas com as mãos, e disse-lhe – para dizer alguma coisa – que gostaria de penteá-los:

– Você?

– Eu mesmo.

– Vai embaraçar-me o cabelo todo, isso sim.

– Se embaraçar, você desembaraça depois.

– Vamos ver.

O penteado

Capitu virou de costas para mim, voltando-se para o espelho. Peguei seus cabelos e comecei a alisá-los com o pente, mas não estava dando certo. Era um pouquinho mais alta que eu, e isso atrapalhava. Pedi que se sentasse.

– Sente-se, é mais fácil.

– Vamos ver o grande cabeleireiro – riu novamente.

Sentou-se. Continuei a alisar seus cabelos, com todo o cuidado, e o dividi para compor as duas tranças. Fiz isso bem devagar, saboreando cada um dos fios, que eram parte dela. Cometi besteiras, algumas vezes sem querer, outras querendo, para que o trabalho ficasse ainda mais lento. Meus dedos roçavam em sua nuca, ou em seus ombros. No entanto, por mais que eu quisesse que aquilo durasse para sempre, os cabelos foram acabando. Enfim, terminei. Ainda juntei as duas tranças com um laço, como se fazia na época, dei uns ajustes, apertando aqui, puxando ali, até que exclamei:

– Pronto!

– Ficou bom?

– Veja no espelho.

Mas ela não olhou. Continuava de costas para mim e curvou a cabeça para trás. Inclinou-se tanto que fui obrigado a segurá-la, antes que caísse de costas. Pedi que levantasse a cabeça, podia ficar tonta, machucar o pescoço. Mas ela não se moveu.

– Levante a cabeça, Capitu!

Não me obedeceu, e ficamos assim, olhando um para o outro, por alguns momentos. Até que ela abriu os lábios, e eu também abri os meus...

Foi uma sensação incrível, fiquei tonto, sem fala e, por que não dizer, meio assustado. Meus olhos ficaram nublados, e, quando consegui ver de novo, percebi que Capitu estava de cabeça baixa. Não fui capaz de falar nada. Queria dizer-lhe essas palavras de carinho e afeto típicas dos namorados, mas não pude.

Sou homem!

Ouvimos passos no corredor. Era dona Fortunata. Capitu se recompôs depressa. Quando a mãe surgiu à porta, ela estava risonha e tranquila. Já não mostrava sinais de vergonha ou nervosismo. Riu e disse:

– Mamãe, olhe o que Bentinho fez no meu cabelo! Pediu para ajudar e fez esta confusão nas minhas tranças. Pode uma coisa dessas?

– E daí, Capitu, qual é o problema? – dona Fortunata riu da preocupação infantil da filha. – Parece até que foi você mesma que penteou.

– Ah, mamãe... Esta bagunça? – respondeu a garota, desfazendo as tranças. – Ora, mamãe!

Dona Fortunata deu de ombros e sorriu.

– Não fique chateado, Bentinho. Essa menina tem dessas maluquices. – Olhava com ternura para as duas crianças na sala.

Tentei brincar, falar qualquer coisa, mas minha voz não saía. Estava meio bêbado com o beijo. A mãe de Capitu deve ter desconfiado, porque nos fitou demoradamente e riu alto, balançando a cabeça. Depois olhou fundo para mim, e a expressão que fez me desconcertou ainda mais.

Como eu e Capitu éramos opostos! Sentia-me tonto, perdido, como se fosse um criminoso pego roubando o cofre. Minha amiga ria, brincava e parecia já saber as respostas antes que as pessoas pensassem sequer em fazer as perguntas.

Dona Fortunata viera avisar que minha mãe me chamava em casa, o padre Cabral estava esperando para a lição de latim. Uma excelente desculpa para sair daquela situação.

Corri para casa e entrei no meu quarto para pegar os livros. Mas não fui encontrar o padre Cabral. Sentei-me na cama e fiquei me lembrando do toque nos cabelos de Capitu, da sensação do beijo. Ria sozinho e ficava sério ao mesmo tempo. Sem perceber, eu disse:

– Sou homem!

Apavorei-me quando percebi que tinha falado muito alto. Fui olhar o corredor para verificar se alguém escutara. Mas não havia ninguém.

– Sou homem! – repeti, desta vez baixinho.

Foi então que pensei no seminário e na possibilidade de não poder mais beijar Capitu. Mas aquele pensamento não me servia naquela hora. Voltei a pensar nos lábios da vizinha.

O protonotário apostólico

Achei que iam me repreender pela demora, mas ninguém notou. Riam e conversavam na sala, quando finalmente cheguei para a aula.

Estavam todos alegres e falantes. O padre Cabral acabara de receber a notícia de que havia sido nomeado protonotário apostólico. Ficou tremendamente feliz com isso e contava o caso para os presentes. Tio Cosme e prima Justina repetiam o título com admiração, era a primeira vez que qualquer um de nós ouvia falar nisso. Estávamos acostumados a cônegos, monsenhores, bispos, núncios; mas o que era um protonotário apostólico?

– Não é exatamente um cargo, é mais um título, uma distinção – explicou o padre Cabral.

Tio Cosme saboreava a palavra nova e repetia:

– Protonotário apostólico!

Cumprimentei o padre pelo novo cargo. Meu professor de latim estava tão feliz que resolveu me dispensar da aula.

Tio Cosme voltou-se para mim:

– Bentinho, se você estudar bastante, pode ser que também seja um protonotário apostólico. Já pensaram nisso? Protonotário Bentinho!

– Protonotário Santiago – acentuou o padre Cabral.

Tive vontade de dizer um desaforo. O padre falou ainda no seminário e, para agradar minha mãe, descreveu meu futuro eclesiástico. E agora só se referia a mim como "protonotário Santiago".

A alma é cheia de mistérios

– O padre Cabral ficou muito tempo esperando?

– Não tive lição; ele me dispensou.

Expliquei o motivo da dispensa. Contei também que o padre Cabral falara da minha entrada no seminário, reforçando a resolução de minha mãe. Disse alguns desaforos sobre o velho professor, ainda estava com raiva de ele ter tocado no assunto. Capitu refletiu algum tempo, e acabou perguntando-me se podia ir cumprimentar o padre, à tarde, em minha casa.

– Pode, mas para quê?

– Papai vai querer ir também, mas é melhor que ele vá à casa do padre. É mais apropriado. Eu não, que já sou meio moça – concluiu, rindo.

Aquilo encheu-me de alegria. Assim como eu me sentia homem, Capitu descobria-se mulher. Uma ideia trêmula... Segurei suas mãos. Quis puxá-la para mais perto, mas ela, não sei exatamente por quê, resistiu. Naquele momento, sentia-me forte e decidido. De manhã ela quis, mas agora fugia.

Estava tão nervoso com aquela situação que não tinha

consciência dos meus atos. Acho que tentei puxá-la novamente, mas ela recuou e tentou soltar minhas mãos. Puxei-a novamente, e ela fugiu com a parte de cima do corpo. Avancei mais, e ela continuou fugindo. Quando seu corpo se encostou na parede, foi a boca que começou a resistir. Ia para a direita e para a esquerda, torcendo e se retorcendo. Ficamos nessa luta, mas sem barulho, porque, apesar da batalha, não perdemos o medo de sermos ouvidos pelas pessoas da casa.

Nisso, ouvimos vozes à porta de entrada. Era o pai de Capitu, que voltava da repartição. "Abra, Nanata! Capitu, abra!" Ouvimos a fechadura da porta que dava para o corredor interno. Tentei soltar as mãos de minha amiga, mas ela não permitiu. Antes que seu pai acabasse de entrar, ela pousou a boca na minha e beijou-me com vontade. A alma é cheia de mistérios.

Que susto, meu Deus!

Quando o Pádua entrou na sala de visitas, Capitu estava em pé, de costas para mim, inclinada para a costura. Ela perguntava em voz alta:

– Bentinho, o que é protonotário apostólico?

– Ora, vivam! – exclamou o pai.

– Que susto, meu Deus!

Se conto aqui estas duas histórias ocorridas há mais de quarenta anos, é para mostrar ao leitor que Capitu não se assustava com a presença do pai ou da mãe. Em meio a uma situação em que meu coração saía pela boca, ela continuava tranquila e senhora de si. Disse que tinha se assustado quando ele entrou, mas eu vi, eu sabia que era mentira e fiquei com inveja. Foi logo falar com o pai, que apertou a minha mão.

– Por que está falando em protonotário apostólico, Capitu? – o Pádua quis saber.

– Era Bentinho que falava dessas coisas, papai. – E, pegando os apetrechos de costura, correu pelo corredor, bradando infantilmente: – Mamãe, o jantar. Papai chegou!

A vocação

Eu e Capitu fomos a minha casa receber o padre Cabral. Ele tinha acabado de chegar e ainda estava naquele momento da conversa em que se costuma ser gentil, antes de se entrar por assuntos mais sérios.

– Obrigado, Capitu, muito obrigado. Papai está bem? E mamãe? A você não se pergunta, essa cara é mesmo de quem vende saúde. E como vamos de rezas?

Minha amiga estava mais arrumada que de costume, com um vestidinho melhor e sapatos de sair. Não entrou correndo na sala como tinha o hábito de fazer, mas parou por um instante à porta, antes de ir beijar a mão do padre e de minha mãe. Capitu chamava o padre de protonotário de cinco em cinco minutos. José Dias, para se desforrar da concorrência, fez um pequeno discurso em honra "ao coração paternal e augustíssimo de Pio IX".

O padre Cabral concordou com o agregado, sem os seus superlativos. José Dias acrescentou que o cardeal Mastai evidentemente nasceu para ser o papa. E, piscando o olho em minha direção, concluiu:

– A vocação é tudo, ou se nasce com ela ou não. Não havendo vocação, falo de vocação sincera e real, um jovem pode muito bem estudar as letras humanas, que também são úteis e honradas.

– A vocação é importante – respondeu o padre Cabral –, porém o poder de Deus é ainda mais. Um homem pode até mesmo detestar a Igreja, mas um dia a Voz lhe fala e o transforma em apóstolo. Veja o exemplo de são Paulo.

– Não discordo. Contudo, pode-se muito bem servir a Deus sem ser padre, não é verdade?

– Sem dúvida.

– Pois então! – exclamou José Dias triunfalmente, olhando em volta de si. – Sem vocação é que não há bom padre, e em qualquer profissão liberal se serve a Deus, como todos devemos.

– Perfeitamente, mas nem sempre se nasce com a vocação; ela vem com o tempo. Não quero me tornar exemplo de nada, mas sempre tive vocação para medicina. Meu padrinho, que era devoto de santa Rita, insistiu com meu pai para que eu fosse para o seminário; papai concordou. Tomei tanto gosto pelos estudos e pela vida dos padres que acabei me ordenando. Entretanto, se eu não tivesse abandonado minha antiga vocação pela nova, o que é que aconteceria? Teria estudado algumas matérias importantes, e onde são melhor ensinadas, e então retornaria à medicina.

Prima Justina interveio:

– Como? É possível entrar para o seminário e não sair de lá padre?

O padre Cabral respondeu que sim. Voltando-se para mim, falou da minha vocação, que era clara, afinal eu adorava brincar de igreja, de altar, de padre. Mas este era um motivo muito fraco para provar a minha vocação. Todas as crianças do meu tempo eram devotas e, provavelmente, faziam as mesmas brincadeiras. Cabral comentou que o reitor do seminário de São José, a quem contara a promessa de minha mãe, tinha o meu nascimento por milagre; ele era da mesma opinião.

Capitu, agarrada às saias de minha mãe, não atendia aos olhares ansiosos que eu lhe mandava. Estranhamente, ela não parecia prestar atenção na conversa sobre o seminário. Mais tarde vim a saber, ela tinha decorado tudo o que acontecera naquela reunião. Duas vezes fui à janela, esperando que minha amiga fosse também, para ficarmos à vontade, sozinhos, mas ela não foi. Não saiu do lado de mamãe até a hora de ir embora.

– Vá com ela, Bentinho – disse minha mãe.

– Não precisa, não, dona Glória – respondeu Capitu, rindo. – Eu sei o caminho. Adeus, senhor protonotário...

– Adeus, Capitu.

Tudo o que eu pensava naquele momento era correr atrás dela, dar-lhe um terceiro beijo e despedir-me. Mas, quando tentei segui-la, Capitu, que ia depressa, parou e fez sinal para que eu voltasse. Não obedeci e me aproximei da menina.

– Não venha, não; conversamos amanhã.

– Mas eu queria dizer...

– Amanhã.

– Escute!

– Fique!

Falava baixinho; pegou-me na mão, e pôs o dedo na boca. Uma escrava que passava por ali nos viu naquela atitude, quase às escuras. Riu de simpatia e murmurou algo em tom que não entendi. Capitu sussurrou para mim que achava que ela desconfiara e talvez fosse contar às outras. Mandou novamente que eu ficasse e retirou-se; eu fiquei ali parado, pregado, agarrado ao chão.

A audiência secreta

Ficando sozinho, tive uma fantasia. Como você pode perceber, meu caro leitor, a fantasia sempre foi minha companheira. Era na época e continuou sendo durante toda a minha vida. A daquele momento foi conversar com minha mãe e admitir tudo o que eu sentia, sobre o seminário e talvez sobre Capitu.

"Está na hora de passar da fantasia à realidade", pensei, "e falar de uma vez. Quem sabe a conversa com minha mãe não será ainda melhor que na minha fantasia? É isso, vou confessar a mamãe que não tenho vocação e que estou namorando a vizinha. Confesso o nosso namoro e, se ela duvidar, conto o que se passou no outro dia, o penteado e o resto..."

– Mamãe, preciso falar com a senhora.

– Que foi, você está doente? – disse ela, toda assustada. Colocou a mão sobre a minha testa para verificar se eu estava com febre.

– Não tenho nada, não, senhora.

– Mas então o que foi?

– É uma coisa... Mamãe, é melhor eu contar depois do chá. Não é nada de ruim; a senhora se assusta com tudo...

– É, você está resfriado. Disfarça para não tomar remédio, mas está resfriado, percebo na sua voz.

Tentei rir para mostrar que não tinha nada. Mas ela não quis adiar a conversa. Puxou-me pelo braço e arrastou-me até o quarto. Mandou que eu contasse tudo. Então eu lhe perguntei, para começar o assunto, quando é que ia para o seminário.

– Agora só no ano que vem, depois das férias.

– Vou... para ficar? Não volto para casa?

– Apenas nos sábados e férias; é melhor. Quando for ordenado padre, volta para morar comigo.

Passei a manga da camisa nos olhos. Minha mãe me fez um carinho, depois tentou me repreender, mas não conseguiu.

Ela também tinha os olhos cheios de lágrimas. Eu disse que estava muito triste de separar-me dela. Mamãe não quis admitir que aquilo era uma separação. Falou que era apenas por algum tempo. Depois eu iria me acostumar aos companheiros e professores e acabaria gostando do seminário.

– Eu só gosto de mamãe – murmurei.

Não tinha premeditado dizer qualquer coisa. Menti de forma razoavelmente inocente. Porém, quantas mentiras não foram ditas de um jeito tão inocente quanto este? Pensava em desviar a atenção de minha mãe para longe de Capitu. Mas, para ser sincero, caro leitor, mamãe era inocente como o nascer do sol, e acho que ela seria incapaz de imaginar que o motivo principal de rejeitar o seminário fossem os meus sentimentos por Capitu, como lhe dissera José Dias. Calou-se durante alguns instantes; e senti-me com forças para falar-lhe da minha falta de vocação.

– Mas você gostava tanto de brincar de padre! Não se lembra de quando era pequeno e me pedia para levá-lo ao seminário de São José para ver as batinas dos seminaristas? José Dias brincava de chamá-lo de Reverendíssimo, e você ria que ria! E depois... vocação? Você ouviu o padre Cabral, a vocação vem com o costume.

Tentei responder, mas ela me repreendeu. Voltei imediatamente a ser o filho submisso. Mamãe ainda falou séria sobre a promessa que tinha feito, sem entrar em detalhes, coisa que só vim a saber bem mais tarde. Disse apenas o principal, que era uma promessa a Deus, e que eu teria de cumpri-la.

– Nosso Senhor intercedeu por você, salvando sua vida. Deus é grande e poderoso, e não faltarei com a minha promessa em hipótese alguma. Bentinho, eu sei que seria castigada, e bem castigada. A vida de padre é excelente e sagrada... Deixe de manha, meu filho.

Fiquei ofendido. Como ela poderia achar que eu estava *fazendo manha*? Mamãe percebeu e logo se corrigiu, mudando o termo.

– Deixe de moleza, Bentinho. Seja homem e cumpra a palavra, para o bem de sua mãe e de sua alma – disse isso com a voz embargada, triste, mas não arredava pé de seu argumento.

Resolvi perguntar:

– E se a senhora pedisse a Deus que a dispensasse da promessa?

– Não, não peço. Está maluco, Bentinho? E como Deus iria responder?

– Talvez em sonho; eu sonho às vezes com anjos e santos.

– Eu também, meu filho; mas é inútil... É tarde; vamos para a sala. Estamos conversados: no primeiro ou segundo mês do ano que vem, você irá para o seminário. Quero que dê uma boa impressão e estude bastante. O padre Cabral sempre fala de você por lá, e eles devem estar ansiosos pela sua chegada.

Caminhamos juntos. Minha mãe parou junto à porta, e acho que por alguns momentos quase me pegou no colo, chorando, dizendo que eu não seria padre. No fundo, no fundo, o que ela desejava mesmo era livrar-se da promessa, trocá-la por qualquer outra coisa, mas não conseguia ver pelo quê.

Capitu refletindo

No dia seguinte fui ver Capitu. Ela se despedia de algumas amigas que tinham ido visitá-la. Duas eu conhecia, Paula e Sancha, suas companheiras de colégio. Minha amiga parecia abatida e usava um lenço na cabeça. Dona Fortunata me contou que a filha lera demais na véspera e por isso estava doente.

Quando ficamos sozinhos, Capitu segredou-me que realmente tinha passado mal, mas por causa do que houvera na minha casa. Contei-lhe sobre a conversa definitiva com minha mãe e as lágrimas que foram vertidas na ocasião. Teria de partir para o seminário, e isso era definitivo.

Que faríamos agora? Capitu ouviu tudo com a cara fechada. Quando terminei, ela estava prestes a explodir de raiva, mas não o fez.

Isso aconteceu há tanto tempo que nem me lembro se ela chorou ou se apenas enxugou os olhos. O fato é que fiquei tocado e tentei animá-la, mas eu também precisava de consolo. Ficamos ambos em silêncio, olhando para o chão. Capitu pediu que lhe contasse mais uma vez a conversa com minha mãe. Eu contei, mas atenuei o texto desta vez, para que não ficasse ainda mais triste.

Caro leitor, não me chame de dissimulado. Foi antes um gesto de compaixão, para que minha amiga não sofresse. Além disso, eu temia perdê-la, se desaparecessem todas as esperanças de ficarmos juntos. Mas, para ser completamente franco, eu já me arrependera de ter falado diretamente com minha mãe, antes que José Dias pudesse tentar dissuadi-la da promessa. Enquanto isso, Capitu refletia, refletia, refletia...

Você tem medo?

Capitu emergiu da reflexão, olhou fundo para mim com seus olhos de ressaca e perguntou se eu tinha medo.

– Medo?

– Sim, você tem medo?

– Medo de quê?

– Medo de apanhar, de ser preso, de brigar, de andar, de trabalhar...

Não entendi. Se ela me dissesse algo como "Vamos fugir da sua mãe e do seminário!", pode ser que eu obedecesse ou não. Mas aquela pergunta assim, solta e sem sentido, isso eu não podia compreender.

– Mas... não entendo. De apanhar? De ser preso?

– Sim.

– Apanhar de quem? E por que haveriam de me prender?

Eu não conseguia atinar o motivo daquilo, e algo na conversa realmente me assustava. Os olhos de Capitu, aqueles olhos de ressaca, cresceram sobre mim, cresceram e cresceram. Mas logo ela voltou à expressão habitual e disse que estava brincando. Deu dois tapinhas no meu rosto e, sorrindo, falou:

– Medroso!

– Eu? Mas...

– Esqueça, Bentinho. Não é nada, me desculpe. Estou meio maluca hoje. Estava só brincando.

– Não, Capitu, você não está brincando, nenhum de nós está com vontade de brincar.

– Tem razão, foi só maluquice; até logo.

– Como, até logo?

– Ainda estou sentindo aquela dor de cabeça. Vou botar uma rodela de limão para melhorar.

Capitu levou-me pelo quintal e começou a falar da minha ida ao seminário como um fato consumado. Enquanto dizia isso, rabiscava no chão com um pedaço de galho. Lembrei-me de nossos nomes no muro e pedi o graveto para fazer aquilo novamente. Minha amiga não me ouviu ou não quis me atender.

O primeiro filho

– Dê-me o graveto, quero escrever uma coisa.

Capitu olhou-me. E aqueles eram os olhos oblíquos e dissimulados de que José Dias havia falado. Perguntou com uma voz sumida:

– Diga-me com sinceridade, sem mentiras.

– O quê?

– Se você tivesse de escolher entre mim e sua mãe, quem escolheria?

– Eu? Eu escolheria... mas por que escolher? Mamãe nunca me perguntaria algo assim.

– É, mas eu pergunto. Imagine que você está no seminário e recebe a notícia de que eu vou morrer...

– Não diga isso!

– ... Ou de que vou me matar de saudades se você não voltar e sua mãe não quiser que você venha. Diga-me, você vem?

– Venho.

– Contra a ordem de sua mãe?

– Contra a ordem de mamãe.

– Você deixaria o seminário, deixaria sua mãe, deixaria tudo, para me ver morrer?

– Não fale em morrer, Capitu!

Capitu deu um risinho incrédulo e escreveu uma palavra no chão. Olhei e li: mentiroso.

Era estranho e ridículo tudo aquilo. Não entendia o porquê da palavra no chão, não entendia aquela conversa. Mas sentia algo estranho e triste por dentro, meu coração apertando sabe-se lá por que razão. Fiquei com um pouco de raiva e resolvi dizer que afinal de contas a vida de padre não era tão ruim. Fui infantil, eu assumo. Mas tinha esperança de que Capitu chorasse e se atirasse nos meus braços. Ela limitou-se a arregalar os olhos e, depois de alguns segundos, disse:

– Padre é bom; melhor que padre só cônego, por causa das meias roxas. Adoro meias roxas.

– Mas é preciso ser padre antes de ser cônego.

– Bom, comece com as meias pretas; depois, quem sabe, você ganhará as roxas. Mal posso esperar pela sua primeira missa. Vou comprar um vestido novo, cheio de babados, quando esse dia chegar. Espero que a igreja seja bem grande, como a do Carmo ou a de São Francisco.

– Ou a Candelária.

– Candelária... Pode ser, qualquer uma serve. Acho que vou ser um sucesso. Muita gente vai perguntar: "Quem é aquela moça linda com aquele vestido tão bonito?" ou "Aquela é dona Capitolina, uma moça que morou na rua de Mata-cavalos...".

– Que morou? Você vai se mudar?

– Quem é que sabe onde vou morar amanhã? – disse ela tristemente, mas logo voltou ao sarcasmo: – E você lá no altar, cantando... *Pater noster*...

Sinto muitíssimo não ser um poeta romântico para reproduzir esse duelo de ironias. Descreveria cada ataque e cada defesa, a graça de um, a rapidez da resposta do outro, e o coração batendo rápido, até o meu golpe final:

– Está certo, Capitu, você vai ouvir a missa, mas com uma condição.

– Vossa Reverendíssima pode falar.

– Promete uma coisa?

– Que é?

– Diga se promete.

– Se você não dizer o que é, não prometo.

– Duas coisas, na verdade.

– Duas? Diga quais são.

– A primeira é que você só vai se confessar comigo, para eu lhe dar a penitência e a absolvição. A segunda é que...

– A primeira está prometida – disse ela quando hesitei. – E a segunda?

Quase não falei mais nada. E quase não escrevo aqui,

para que o leitor não ache que sou mesmo mentiroso.

– A segunda... bem... é que... Promete que eu vou ser o padre que vai fazer o seu casamento?

– O meu casamento? – Ela ficou um tanto comovida.

Logo abanou a cabeça e disse:

– Não, Bentinho, vou ter de esperar muito tempo para isso, leva muitos anos até você virar padre... Olhe, vou prometer outra coisa. Que você vai batizar o meu primeiro filho.

Abane a cabeça, leitor

Pode bater a cabeça na parede, leitor, mas isso é a pura verdade. Foi essa a nossa conversa. Peço a você que não jogue este livro pela janela ainda. Capitu falou exatamente com essas palavras, sobre o casamento e sobre seu futuro filho.

O meu espanto foi com certeza maior que o seu. A imagem do filho dela brincando aos meus pés, a separação definitiva, a perda, o desespero, tudo isso caiu como um raio na minha cabeça. Capitu sorria; e eu desaparecia.

Balançe a cabeça, leitor. Diga que minto, que faço você perder tempo. Pode jogar o livro pela janela se o tédio já não o obrigou a isso... Mas, se decidir continuar, pegue o livro na mesma página, sem precisar acreditar no que está lendo. Entretanto, tudo o que você leu aqui não poderia ser mais verdadeiro. Foi assim mesmo que Capitu falou, com tais palavras e gestos. Falou do primeiro filho como se fosse a primeira boneca.

Quanto ao meu espanto, se também foi grande, veio misturado com uma sensação esquisita. Aquela ameaça de um primeiro filho, o primeiro filho de Capitu, o casamento dela com outro e, portanto, a separação absoluta, a perda, a aniquilação, tudo isso produzia um tal efeito que não achei palavra nem gesto. Fiquei estúpido. Capitu sorria, e eu imaginava o seu primeiro filho brincando no chão...

Juramento do poço

Depois da guerra veio a paz. Capitu olhou-me de um jeito tão sentido que esqueci a raiva anterior. Passei o braço pela sua cintura, ela segurou minha mão, e então...

Dona Fortunata apareceu à porta da sala. Não tive tempo de fazer nada e ela já tinha sumido.

Continuei a segurar a filha pela cintura, e assim fizemos as pazes. Agora ambos pedíamos desculpas. Capitu alegava que ficara sem dormir, que estava com dor de cabeça, que ainda não tinha se recuperado da certeza da minha ida ao seminário. Eu estava com os olhos cheios de lágrimas. Era um amor puro, era a ternura da reconciliação.

– Está certo. Chega dessas brigas. Mas me explique, por que você me perguntou se eu tinha medo de apanhar?

– Besteira, para que continuar a discutir isso?

– Fale. Foi por causa do seminário?

– Foi; ouvi dizer que batem nos alunos lá... Não é verdade?

Fiquei feliz com a explicação, apesar de achar que ela estava mentindo. Mas isso era o de menos. Creio que Capitu não disse a verdade porque não podia. Para que não voltássemos a brigar, ou por qualquer outro motivo.

Agora estávamos juntos, somando os nossos medos, nossos sonhos, e começando a sentir um princípio de saudade.

Mas algo apertava o meu peito.

– Não! – exclamei.

– Que foi?

– Eles dizem que nós somos crianças, mas dois anos passam rápido. Jure uma coisa para mim. Jura que você só vai se casar comigo?

Capitu ficou vermelha de alegria e jurou várias vezes, como se aquilo fosse definir realmente o nosso futuro:

– Mesmo que você se case com outra mulher, eu nunca serei esposa de outro homem.

– Eu, casar com outra?

– Tudo pode acontecer, Bentinho. Pode ser que você conheça outra mulher, se apaixone e resolva se casar com ela. Será que vai se lembrar de mim quando sair do seminário?

– Mas eu juro! Juro, Capitu, juro por Deus Nosso Senhor que só me casarei com você. Acredita em mim?

– Acredito – disse ela –; não tenho coragem de lhe pedir outra coisa. Certo, você jura... Mas vamos jurar de outro jeito? Vamos jurar que nos casaremos um com o outro, não importa o que aconteça?

Capitu pensava claro e depressa. Se jurássemos apenas que não nos casaríamos com outra pessoa, poderíamos morrer solteirões e ainda assim ser fiéis à promessa. Dessa forma, proposta pela minha amiga, estávamos na verdade jurando o nosso futuro casamento. Aquilo também me fortalecia a resistir ao seminário. Optamos pela segunda fórmula e ficamos tão felizes que todo o medo desapareceu. Éramos religiosos, tínhamos o céu por testemunha. O seminário deixou de ser um problema:

– Eu irei para o seminário, mas será como um colégio qualquer. Não vou virar padre, minha querida.

Capitu tinha medo da nossa separação, mas acabou aceitando. Não precisaríamos brigar com minha mãe, e o tempo passaria depressa, até o dia do nosso casamento. Se resistíssemos ao seminário, seria pior. Esta reflexão não foi minha, mas dela.

Um meio-termo

Passados alguns meses, chegou o dia de ir para o seminário de São José. Nunca chorei tanto na minha vida. Ou quase. Aos quinze anos, tudo parece maior do que realmente é. Mamãe também estava inconsolável, mas sofria baixinho, tentando esconder. O padre Cabral achara um meio-termo, talvez para minimizar a dor de minha mãe. Disse que faria um teste comigo. Se, no fim de dois anos, eu não sentisse a vocação eclesiástica, poderia seguir outra carreira.

– Dona Glória, as promessas devem ser sempre cumpridas. Porém, se Deus negou a vocação a seu filho, é porque a vontade divina é outra. A senhora não deveria ter colocado sobre Bentinho uma vocação que Nosso Senhor não lhe deu...

Aquilo era um perdão antecipado. Se a minha vocação existisse ou não, essa resposta só poderia vir de Deus. Os olhos dela brilharam de esperança e alívio. José Dias aproveitou a oportunidade, certamente sonhando ainda com a Europa:

– Sem dúvida – disse ele, piscando o olho para mim – que, se dentro de um ano a vocação eclesiástica de Bentinho surgir, ele será um padre de primeira categoria. Agora, se não vier nesse prazo...

Mais tarde ele me disse em particular:

– Vá por um ano; um ano passa depressa. Se não sentir gosto nenhum, é que Deus não quer, como diz o padre, e nesse caso, meu anjo, o melhor remédio é a Europa.

Minha mãe voltou-se para Capitu, contou-lhe sobre a minha ida definitiva para o seminário e arrematou:

– Minha filha, você vai perder o seu companheiro de criança...

Era a primeira vez que mamãe tratava Capitu por filha. Minha amiga beijou-lhe a mão e disse que ficara sabendo do seminário por mim.

Capitu me disse para aguentar essa fase com paciência. Um ano passava depressa. Aquela menina e eu nos apegávamos cada vez mais. O que eu não havia percebido é que ela e mamãe se afeiçoavam agora uma a outra. Talvez para suportar melhor a minha ausência. Minha amiga se aproximou muito de dona Glória e passou a frequentar a minha casa. Mamãe gostava da companhia e começou a descobrir diversas qualidades até então desconhecidas na filha do Pádua. Deu-lhe até mesmo um pequeno retrato, feito aos vinte e cinco anos. Os olhos de Capitu, quando recebeu esse presente, não se descrevem, não eram oblíquos nem de ressaca, eram direitos, cristalinos, lúcidos. Beijou o retrato com paixão. Tudo isso me passa pela cabeça quando me lembro da nossa despedida.

Entre luz e fusco

Foi curta e doce a nossa despedida. Antes de o sol se pôr, antes que as velas fossem acesas, nesse momento do dia em que nada está completamente escuro ou totalmente claro. Fizemos outra vez nossa promessa de casamento. E selamos nosso pacto com um beijo. Entrei no São José decidido a voltar, a buscar a vida de padre apenas nas aparências, e guardar todo o meu coração para Capitu. Minha verdadeira vocação era ela, e só ela.

A caminho!

As últimas despedidas foram da minha família. Mamãe me abraçava forte, prima Justina suspirava baixo e grave. Tio Cosme olhou para mim e me disse a sorrir:

– Vá, rapaz, e veja se volta papa!

Na noite anterior, ainda consultei José Dias sobre algum jeito de me safar. Já não era possível. Mas o agregado encheu-me de esperanças, dizendo que antes de um ano estaríamos viajando para a Europa.

– Posso estudar medicina aqui mesmo.

José Dias discordou, impaciente:

– Eu aprovaria a ideia se na Escola de Medicina ensinassem medicina de verdade. Naquele lugar só se ministra essa porcaria de alopatia. Você verá, Bentinho, chegará o dia em que o embuste será substituído pela verdadeira ciência. Mas chega deste assunto. Aguente um ano, e até lá tudo estará arranjado.

Fui para o seminário.

Um seminarista

Não vou falar muito sobre o seminário. Precisaria escrever outro livro para isso, contando dos hábitos, dos costumes e das pessoas que conheci. Para o objetivo desta obra, basta citar apenas uma das pessoas com quem mantive contato enquanto estive por lá.

Chamava-se Ezequiel de Sousa Escobar. Seminarista como eu, era um rapaz forte e bem-apessoado, olhos claros e um pouco esquivos. Não olhava diretamente no rosto das pessoas e era algo ensimesmado. E quem não o conhecia bem às vezes se enervava com isso. Inquieto o tempo todo, tinha dificuldade em adaptar-se ao ritmo lento da vida no seminário. Possuía uma memória impressionante, guardava palavras, números e detalhes das aulas com enorme facilidade.

Escobar era três anos mais velho que eu. Filho de um advogado de Curitiba, muito católico, tinha uma irmã que era um anjo, segundo ele.

– É linda e bondosa como um anjo. Não posso lhe descrever o quão boa pessoa ela é. Vou mostrar as cartas que escreve.

Eram cartas simples, cheias de afeto e conselhos. Escobar contou diversas histórias doces, que sempre mostravam o lado bom e gentil da irmã. Parecia ser tão amável que me casaria com ela se eu já não fosse apaixonado por Capitu. A coitada morreu pouco depois. Com estas e outras pequenas confissões, meu companheiro de seminário foi entrando na minha intimidade. Eu tinha vontade de abrir meu coração e contar-lhe sobre Capitu, sobre a minha entrada forçada na vida eclesiástica e sobre nossos planos. Mas a timidez impediu-me a princípio. Ele conquistou minha confiança aos poucos, devagarinho, e, quando vi, já fazia parte da minha vida. Permaneceu como meu amigo mais querido e mais íntimo durante muito tempo.

O tratado

Lembrei-me de outro caso interessante. Estava voltando para o seminário depois de um final de semana em casa. Vi uma senhora cair na rua. Eu deveria rir ou sentir pena, mas não fiz nenhuma das duas coisas. Quando caiu, vi claramente o contorno das suas meias brancas e das ligas de seda. Várias pessoas acudiram, mas eu não pude me mexer. Ela se ergueu muito envergonhada, agradeceu a ajuda e continuou a andar.

– Que hábito horrível esse de querer imitar as francesas! – disse José Dias, que me acompanhava. – As nossas moças deveriam andar mais devagar, como sempre fizeram, e com não este tique-tique afrancesado...

Eu mal ouvi. Repetia na minha cabeça a cena lentamente, vendo as meias, as ligas que voavam lentamente no ar, enroscando-se em mim e finalmente indo embora, fazendo aquele barulho, tique-tique, tique-tique...

Desse momento em diante, não podia ver uma mulher andando na rua sem torcer para que tomasse um tombo. Fiquei imaginando quais usavam meias esticadas, de que cores seriam as ligas... Algumas poderiam estar até sem meias... Ou então... É possível...

Vou usando as reticências para mostrar a minha confusão. Estava com o rosto pegando fogo e andava meio trôpego, suando. No seminário, a primeira aula foi insuportável. As batinas lembravam as saias, que lembravam as ligas, que... De noite, sonhei com elas. Todos os tipos e tamanhos de meias dançavam ao meu redor, umas azuis, outras vermelhas. Todas fazendo tique-tique... Acordei, tentei tirá-las da minha cabeça, mas elas voltavam, em maior número, em maior variedade de tamanhos e formatos. Mal conseguia pegar no sono e, quando dormia, o sonho retornava. Desisti de dormir e comecei a rezar padre-nossos, ave-marias e credos. Mas sou obrigado a admitir que interrompi as orações algumas vezes para seguir alguma imagem rápida, que fazia tique-tique, tique-tique...

Resolvi enfrentar o mal de frente. E, durante alguns dias, eu mesmo convocava as visões para fortalecer o meu caráter.

Convivas de boa memória

Existem certas recordações que precisam ser confessadas para que possam ser esquecidas de vez. Acho que foi o caso do último capítulo. Algum personagem famoso falou certo dia que detestava convidados com boa memória. Poderia até mentir dizendo que sou um desses convidados, mas a prova em contrário é que não me lembro do tal personagem famoso que criou a frase.

Não, não, a minha memória não é boa. Só guardo alguns fatos e muitos deles sem importância. Como eu invejo aquelas pessoas que se lembram da primeira vez que comeram um doce! Eu não consigo nem mesmo recordar o que almocei ontem.

Mas não me interprete mal. Quando leio um livro com muitas lacunas, recosto-me na poltrona e preencho-as com a imaginação. Assim faço eu com os meus livros, assim pode fazer você, leitor, com este aqui.

Com a língua nos dentes

Os primeiros dias foram os mais difíceis no seminário. A separação foi brusca demais, apesar das palavras de conforto dos colegas e dos padres. José Dias veio visitar-me e trazer notícias.

– Todos estão sentindo muito a sua falta – disse –, mas qual o maior coração, aquele que sofre mais com a sua ausência?

– Mamãe – respondi rápido.

O agregado alongou-se a contar as coisas de casa, a saudade de todos e os pormenores sem importância. Não aguentei:

– Mas quando saio daqui?

– Calma, estou cuidando disso. Precisamos é organizar a nossa viagem à Europa, isso sim, ir plantando as sementes para colhê-las daqui a um ou dois anos, em 1859 ou 1860.

– Dois anos?!

– Seria melhor que fosse este ano mesmo, mas, enquanto isso, vá estudando, é uma excelente escola. Você não perde nada em aprender um pouco de teologia e...

– Não quero saber de teologia, quero sair daqui hoje ou amanhã. Não, hoje, de preferência.

– Não pode ser hoje, meu anjo, mas é possível que aconteça mais cedo do que imaginamos. Quem sabe, no final deste ano? Pensei em um bom plano agora... Tenha paciência. Comporte-se direitinho por aqui e não arrume confusões.

– Mas dois anos é muito tempo. Que plano é esse? – respondi, ansioso.

– Talvez não leve tanto tempo, se meu plano funcionar. É uma questão de unir a falta de vocação e a sua saúde ruim. Por que você não tosse um pouco?

– Por que não tusso?

– Não agora, claro. Mas quando estiver em casa. Uma tossezinha seca, e um pouco de fraqueza. Enquanto isso eu vou preparando o terreno.

– Ah, entendo! Mostrar que estou doente para poder embarcar para a Europa e mudar de ares, não é?

José Dias hesitou um pouco, depois explicou-se:

– Mostrar a verdade, Bentinho. Porque, francamente, eu desconfio do seu pulmão. Você não anda bom do peito. Quando criança, teve umas tosses estranhas, seria melhor preveni-las. Daí, sim, poderemos embarcar.

– Mas, antes de embarcar, preciso sair daqui.

Sem pensar, perguntei-lhe à queima-roupa:

– E Capitu, como vai?

Uma ponta de Iago

Que estupidez! Aquela pergunta era uma confissão do motivo da minha repulsa ao seminário. E ainda deixava claro que eu não gostaria de viajar nem para Niterói, quanto mais para a Europa. Tentei corrigir a pergunta, mas ele não me deu tempo.

– Alegre, como sempre; é uma tontinha. Enquanto não pegar um peralta da vizinhança que se case com ela...

Devo ter ficado pálido. Saber que ela vivia alegre, enquanto eu chorava todas as noites, fez-me o coração bater rápido. Quase perguntei a José Dias do porquê da alegria de Capitu, o que ela estava fazendo, mas me contive. Depois algo pior me passou pela cabeça...

Era ciúme, forte, negro e violento. Fiquei repetindo as palavras do agregado para mim mesmo: "Um peralta da vizinhança". Nunca tinha pensado em nada parecido. Capitu era minha, eu vivia pensando nela, nunca imaginei que algum espertinho pudesse chegar perto. Lembrei-me então de alguns que passavam pela frente de casa, olhando, esperando o momento certo. Agora que estávamos separados, tudo parecia claro. A alegria dela com certeza vinha do novo namorado. Imaginei os dois conversando, sorrindo, andando de mãos dadas, talvez ele lhe penteasse o cabelo e...

Quase corri e pulei o portão do seminário. Queria agarrar Capitu pelos braços e gritar para que me confessasse quantos, quantos beijos dera no peralta da vizinhança. Não fiz nada. Isso durou dois ou três minutos, no máximo, o tempo de me controlar. Apenas perguntei ao agregado:

– Posso ir para casa esta semana?

– Você vai no sábado.

– Sábado? Ah! Ótimo, sim! Certo! Este sábado, não é? Mandem me buscar, sem falta.

A dissimulação

Enfim chegou o sábado. Depois do primeiro, vieram outros. Acabei acostumando-me com as idas e vindas de casa para o seminário. Os padres gostavam de mim, os rapazes também, e Escobar, mais que todos. Passadas cinco semanas, eu quase contei a ele minhas dores e esperanças. Capitu não gostou nem um pouco.

– Escobar é muito *meu* amigo, Capitu!

– Mas não é meu amigo.

– Pode ser que seja no futuro, já lhe disse que ele quer vir conhecer mamãe.

– Não importa; você não tem o direito de contar um segredo que não é só seu. Ele é meu também, e não lhe dou licença para partilhá-lo com nenhuma outra pessoa.

Ela estava certa, e eu obedeci. Outra coisa que cedi foi quando Capitu me mandou ir embora.

– Você não deve ficar aqui mais tempo. Vá para perto de sua mãe; é natural que ela deseje estar com o filho o máximo possível. Daqui a pouco eu o encontro lá.

O amigo leitor pode ver, através deste exemplo, que Capitu tinha uma lucidez e uma lógica de dar inveja a muito jogador de xadrez. Em outra ocasião, essas qualidades de minha amiga se mostraram ainda mais claras. Vamos a ela.

Era o meu terceiro ou quarto sábado de folga. Minha mãe, depois daquela infinidade de perguntas aborrecidas que as mães gostam de fazer aos filhos – "Tem comido direito? Tem usado casaco?" –, voltou-se para o agregado:

– Senhor José Dias, ainda duvida que ele se transforme em um bom padre?

– Excelentíssima...

– E você, Capitu? – interrompeu minha mãe, voltando-se para a filha do Pádua, que estava na sala com ela. – Não acha que o nosso Bentinho será um bom padre?

– Acho que sim, senhora – respondeu Capitu, cheia de sorrisos.

Fiquei gelado com aquela convicção. E quase fui rude com minha amiga sobre isso. Ela olhou-me muito séria e perguntou o que mais poderia fazer. Contou-me também que sofria, mas sofria em silêncio, na proteção de sua própria casa. Tivera noites terríveis e dias tão tristes quanto os meus. Dona Fortunata chegou até mesmo a dizer, de forma velada, que era melhor esquecer o amor por mim.

– Com dona Glória e dona Justina, tenho de parecer alegre, ou vão nos separar e não poderei mais frequentar a sua casa. A única coisa que me importa é o nosso juramento de que vamos casar um com o outro.

Era preciso, devíamos dissimular para matar qualquer suspeita e construir tranquilos o nosso futuro. Mas o exemplo ainda não terminou: ouvi no dia seguinte, durante o almoço, minha mãe conversar com tio Cosme sobre as moças que se casam cedo. Capitu lhe dissera: "Quem irá me casar será o padre Bentinho, ele precisa se ordenar logo!". Meu tio desatou a rir, José Dias continuou sorrindo, só prima Justina é que franziu a testa e olhou para mim interrogativamente. Escondi a cara, não pude retribuir o olhar da prima, e tratei de comer. Mas me alimentei mal, estava tão contente com aquela grande dissimulação de Capitu que não vi mais nada. E, logo que almocei, corri para contar-lhe a conversa e parabenizá-la pela esperteza. Minha amiga sorriu, agradecida.

– Você tem razão, Capitu – concluí –; vamos enganar todos eles.

– Não é? – disse ela com ingenuidade.

Intimidade

Capitu ficava cada vez mais próxima de minha mãe. Viviam o tempo todo juntas, falando de mim, ou de qualquer outra coisa. A menina ia costurar com ela de manhã e, algumas vezes, ficava até a hora do jantar.

Prima Justina não costumava tratar Capitu com grosseria, mas também não a adorava, e procurava fugir de sua presença. Era sincera demais em dizer o mal que via em cada pessoa, e não tinha o hábito de pensar bem de ninguém. Exceto, talvez, quanto ao marido, mas este já tinha morrido. Em todo caso, não existiria homem capaz de competir com ele na afeição, no trabalho e na honestidade, nas maneiras e na agudeza de espírito. Esta opinião, segundo tio Cosme, foi posterior à morte do marido, pois em vida viviam brigando. Creio que gostava de minha mãe ou, se não, nunca mostrou isso a ninguém. Não acho que ela esperasse alguma herança ou algo assim. Quem sonha com esse tipo de prêmio costuma ser mais solícito, mais gentil, e mais presente. Essas atitudes eram contrárias à natureza de prima Justina, azeda e implicante.

A presença de Capitu na casa fez de prima Justina uma criatura ainda mais arredia. Na ocasião em que minha mãe adoeceu gravemente, quase beirando as portas da morte, quis que minha amiga lhe servisse de enfermeira. Prima Justina, mesmo sabendo que isso a poupava de um trabalho cansativo, não perdoou a intromissão de Capitu. Um dia, perguntou-lhe se não tinha o que fazer em casa. Outro dia, rindo, soltou-lhe esta: "Não precisa correr tanto; o que tiver de ser seu irá parar nas suas mãos".

Um pecado

Depois de cinco dias, minha mãe acordou transtornada. Ordenou que me mandassem buscar no seminário. Tio Cosme tentou argumentar:

– Mana Glória, não há necessidade disso, a febre passa...

– Não! Não! Mandem buscá-lo! Posso morrer, e a minha alma não se salva se Bentinho não estiver perto de mim.

– Vamos assustá-lo.

– Não contem o porquê, mas vão buscá-lo. Já, já, não percam tempo!

José Dias ficou encarregado de buscar-me. Chegando ao seminário, falou com o reitor longe da minha presença. Quando eu o vi, estava tão atordoado que me assustou. Recebi licença para voltar para casa. Na rua, íamos calados, e ele andava devagar, como sempre. Apenas suspirava cabisbaixo, o que me aterrorizava. Tentava ler em seu rosto o que estava acontecendo, como se quisesse descobrir uma notícia dura e definitiva. O agregado tão somente falara da doença como algo simples; mas o chamado, o silêncio, os suspiros, aquilo me fazia suar de preocupação.

Eu tinha medo de perguntar e ouvir uma verdade terrível. Era a primeira vez que a possibilidade de morte aparecia na minha vida. Aterrorizava-me a ideia de chegar em casa e descobrir um corpo em cima da mesa, o cheiro de velas, os choros. Pensando nisso, quase desmaiei.

Durante o caminho até minha casa, tentei perguntar várias vezes a José Dias o que estava acontecendo, mas minha voz não saía. Algo dentro de mim então disse: "Se mamãe morrer, acaba o seminário".

Leitor, foi um relâmpago. Essa ideia apareceu e desapareceu com a mesma velocidade. O que restou no seu lugar foi o remorso. Fiquei zonzo com aquele pensamento estúpido. E, simultaneamente, apavorado de imaginar que ele pudesse influenciar os acontecimentos. Senti uma angústia grande, um nó na garganta, e não pude mais, chorei de uma vez.

– Que houve, Bentinho?

– Mamãe...?

– Não! Não! Que ideia é essa? O estado dela é gravíssimo, mas não vai morrer de forma alguma. Enxugue os olhos, que é feio um mocinho da sua idade andar chorando na rua. Não há de ser nada, uma febre... As febres, assim como atacam forte, somem rápido também...

Enxuguei os olhos. Mas, de toda a frase, o que marcou mesmo foi o "gravíssimo". Percebi depois que José Dias só queria dizer "grave"; o superlativo ficava por conta de sua mania. Isso não impediu que a palavra marcasse fundo. Continuei andando, meio cambaleante, ansioso para chegar em casa e pedir perdão a minha mãe pelo pensamento ruim. Enfim, chegamos. Subi correndo a escada e, daí a pouco, debruçado sobre a cama, ouvia as palavras ternas de dona Glória, que me apertava muito as mãos, chamando-me de filho. Estava queimando. Os olhos febris fixos nos meus. Toda ela parecia pegar fogo.

Capitu estava ali, perto da cama. Gostou de ver como eu me portava, os meus gestos e lágrimas, segundo me disse depois. Não suspeitou da culpa que me comia por dentro. Cogitei em contar o mau pensamento a minha mãe, mas recuei. Então, levado pelo remorso, usei o velho hábito de fazer promessas espirituais e pedi a Deus que me perdoasse e salvasse a vida dela. Como pagamento, eu rezaria dois mil padre-nossos. Se quem estiver lendo estas linhas for padre, por favor me perdoe. Foi a última vez que empreguei esse recurso. O desespero e o remorso foram a causa. Não paguei nem dez, nem dois mil. Mas a promessa, vindo de uma alma tão pura, já é o próprio pagamento.

Adiemos a virtude

Poucas pessoas confessariam aquele meu pensamento na rua de Mata-cavalos. Escrevo este livro para contar a essência do que aconteceu na minha vida. Mas, para tanto, é preciso ter uma sinceridade dura. Será necessário confessar tudo para reconstruir a minha história. Conseguindo isso, talvez eu dê um sentido final a todas as coisas, um sentido final a mim mesmo. Já que contei um pecado, poderia agora narrar uma boa ação. Porém, não me lembro de nenhuma no momento. Fica para mais tarde.

É que... me vem algo à cabeça agora. Nós todos nascemos com um certo número de pecados e outro de boas ações. Juntos, eles formam o casamento que é a nossa existência. E, assim, neutralizam-se durante a vida. Quando um dos dois é mais forte, acabam por se compensar mais adiante no caminho.

Por exemplo, aqui no Engenho Novo, numa noite de extrema dor de cabeça, desejei que o trem da Central descarrilasse bem longe dos meus ouvidos, ainda que morresse gente, e interrompesse a estrada durante horas. Contanto que eu tivesse alguns momentos de paz. No dia seguinte, perdi o mesmo trem por ter praticado uma boa ação. Eis os meus gestos, eis a minha essência.

A missa

Já que estamos falando de essência, um dos gestos que melhor exprimem a minha foi a devoção com que corri no domingo próximo para assistir à missa em Santo Antônio dos Pobres. Quis ir sozinho, para evitar distrações na minha reconciliação com Deus. Além de pedir perdão por aquele pensamento, queria agradecer pela melhora de minha mãe. Para ser completamente sincero, queria também isentar-me da dívida de duas mil rezas. O sacerdote deu-me a bênção, e isso valeu como um perdão integral. A partir desse dia, eu não mais faria promessas que não tinha intenção de pagar. Acho que foi um bom acordo para ambas as partes.

Seria melhor se eu tivesse ido ao confessionário, mas a minha incorrigível timidez me impediu. Como as pessoas mudam... Hoje, estou publicando a confissão.

Depois da missa

Rezei mais um pouco, fechei o livro de missa e caminhei para a porta. Demorei algum tempo para sair da igreja. Não procurava por ninguém especial, mas reparei que um homem e uma moça apontavam em minha direção.

Era sinhazinha Sancha, companheira de colégio de Capitu, e seu pai, Gurgel. Ela queria notícias de minha mãe. Disse-lhes que dona Glória estava restabelecida. Gurgel era um homem de quarenta e poucos anos, bastante simpático e solícito. Caminhamos juntos, e ele me mostrou sua casa, insistindo para que almoçasse com eles.

– Obrigado, mas minha mãe está me esperando.

– Mandarei um escravo lá avisar que o senhor ficou para almoçar e irá mais tarde.

– Venho outro dia.

Sinhazinha Sancha ouvia a nossa conversa. Era uma menina sem maiores encantos, mas parecia ter qualidades ocultas. Usava um vestido simples. Gurgel era viúvo e louco pela filha. Como eu tinha recusado o almoço, convidou-me para descansar alguns minutos. Não tive como negar. Gurgel e eu conversamos um pouco. Quis saber a minha idade, sobre os meus estudos e a minha fé. Enfim, na hora da despedida, ao patamar da escada, a filha mandou lembranças para minha mãe e para Capitu. Da rua olhei para cima; o pai estava à janela e fez um gesto simpático de adeus.

Visita de Escobar

Mamãe já estava preocupada com a minha demora. Só se acalmou quando cheguei.

Para minha surpresa, Escobar me fez uma visita, pela primeira vez desde que nos conhecemos. Queria saber da saúde de dona Glória. Não éramos tão amigos quanto seríamos mais tarde, mas, quando ele ouviu rumores do motivo de meu retorno para casa, resolveu vir ver como eu e minha mãe passávamos.

– Que situação, amigo, fiquei com medo que o pior tivesse acontecido – disse ele.

– Todos no seminário sabem?

– Parece que sim, alguns pelo menos.

Tio Cosme e José Dias gostaram de Escobar. Acharam-no educado e simpático. Meu tio convidou meu amigo para jantar conosco, mas este recusou, dizendo que o correspondente do pai esperava por ele. Eu, lembrando-me das palavras do Gurgel, repeti-as:

– Mandaremos um escravo lá avisar que o senhor ficou para jantar e irá depois.

– Não quero incomodar.

– Incômodo nenhum – disse tio Cosme.

Escobar aceitou e jantou. Percebi que ele fazia, à mesa de jantar, os mesmos movimentos rápidos que tinha em sala de aula. Passamos uma hora agradável, e senti que minha amizade por ele se fortalecia. Levei-o para conhecer meus livros e a casa em geral. Ele interessou-se longamente pelo retrato de meu pai que estava na sala. Depois de alguns instantes de contemplação, virou-se e disse-me:

– Vê-se que era um coração puro!

José Dias definiu bem os olhos de Escobar: eram claros e dulcíssimos. Acho que pela primeira vez o agregado não exagerou no superlativo. Meu amigo tinha um rosto agradável, boca fina, nariz curvo e magro. Possuía um tique curioso, sacudia o ombro direito de tempos em tempos. Quando um colega notou isso no seminário, ele corrigiu o defeito. Um dos raros casos em que vi um homem corrigir para sempre uma dessas pequenas imperfeições que todos nós temos.

Não era comum meus conhecidos fazerem tão boa figura em casa. Todos gostaram de Escobar, e eu fiquei orgulhoso disso. Até prima Justina achou que era um moço muito agradável, apesar... "Apesar de quê?", perguntou-lhe José Dias, vendo que ela não acabava a frase. Não a completara simplesmente porque não havia pensado em nada. A ressalva era automática, guardando lugar para um futuro defeito que pudesse descobrir em nosso hóspede.

Depois do jantar, Escobar despediu-se. Acompanhei-o até a porta, onde esperamos a passagem do ônibus. Nossas despedidas foram de velhos amigos queridos que não se viam desde muito tempo. E, de dentro da condução, ainda me acenou um adeus. Conservei-me à porta por alguns instantes.

– Que amigo é esse, Bentinho? – perguntou alguém de uma janela.

Era Capitu, claro. Estava nos espiando já fazia algum tempo, por trás da veneziana, e agora aparecia inteira à janela. Viu as nossas despedidas afetuosas e quis saber quem era aquele personagem que parecia ser tão querido por mim.

– É o Escobar – disse eu, aproximando-me da janela e olhando para cima.

Uma reforma dramática

Nem eu nem ela poderíamos dizer o que aconteceria mais tarde, no final desta trama. Assim como na peça de teatro, em que os espectadores precisam esperar o último ato antes de ir embora. Suponho que algo deveria ser reformado nas leis do teatro. As peças deveriam começar pelo fim. Otelo mataria a si mesmo e Desdêmona no primeiro ato, e o restante do espetáculo seria uma explicação do porquê daquela situação, fechando com o conselho de Iago: "Mete dinheiro na bolsa". O teatro, assim, ficaria mais próximo dos jornais e, por um lado, essa reforma apagaria um pouco o sabor amargo das tragédias e evitaria a busca pelo desfecho da história. Afinal, o fim é sempre menos interessante que o meio e o começo.

O contrarregra

O destino não é só o diretor de cena, é também o seu próprio contrarregra. Quero dizer que ele também define quem entra e quem sai do palco.

Existe outra forma para explicar a passagem de um cavaleiro pela rua enquanto eu conversava com Capitu? Era um dândi, como dizíamos então. Montava um belo cavalo e cavalgava com tranquilidade. Fazia uma bela figura, tenho de admitir, com sua postura ereta e o controle firme do animal. Já o tinha visto por ali algumas vezes. Naquela época, era costume passear à procura de namoradas montado a cavalo.

O dândi do cavalo não passou simplesmente. Ele era o próprio raio do destino percorrendo nossa rua, era o novo personagem, importante ou não, que a sorte fazia cruzar o meu caminho. O cavaleiro não se contentou em ir passando, mas voltou a cabeça para o nosso lado. Viu Capitu. E, durante todo o percurso em frente a nossa casa, não tirou os olhos dela. Minha amiga percebeu e não desviou o olhar. Esta foi a segunda dentada de ciúme que o destino havia preparado para mim. Outras viriam, e piores. Era comum aquele sujeito passar por ali, às tardes; sei que ele morava no antigo Campo da Aclamação, e depois... e depois... Como é possível raciocinar com um ciúme queimando o coração? Não comentei nada com Capitu; apenas andei e fui me enfiar em casa.

A presilha

Voltando para casa, encontrei José Dias e tio Cosme conversando. A figura do agregado me lembrou da frase dita por ele havia algum tempo: "Aquilo, enquanto não pegar algum peralta da vizinhança que case com ela...". Ele estava falando do cavaleiro? Tive vontade de pegar o homem dos superlativos pelo colarinho e gritar se falara a verdade ou não. Eu tinha a esperança de que Capitu, vendo que eu voltara para casa sem me despedir, viesse correndo atrás de mim. Tio Cosme foi ver minha mãe no quarto, e José Dias voltou-se para mim.

Tive a estranha sensação de que ele ouvira os meus pensamentos e agora iria contar tudo sobre os "peraltas da vizinhança". Desejei tapar-lhe a boca para não ter de ouvir nada daquilo. José Dias percebeu qualquer coisa de estranho na minha expressão e perguntou:

– Que foi, Bentinho?

Desviei o olhar e percebi que uma das presilhas de sua calça estava desabotoada. Respondi, apontando com o dedo:

– Olhe a presilha, abotoe a presilha.

O agregado inclinou-se. Saí correndo.

O desespero

Fugi das perguntas de José Dias e, no entanto, não consegui escapar das minhas. Não parava de perguntar a mim mesmo sobre o cavaleiro e Capitu, Capitu e o cavaleiro. Ele era um dos peraltas da vizinhança. Eu rolava na minha cama em fúria, tinha vontade de bater a cabeça na parede. Chorava e mordia o travesseiro. Jurei nunca mais olhar para Capitu, virar padre de verdade, e ela iria se arrepender. Vi um momento no futuro em que minha amiga choraria de arrependimento e me pediria perdão, mas eu, frio e sereno, não teria por ela mais que desprezo, muito desprezo. Chamava-lhe de perversa. Duas vezes dei por mim mordendo os dentes, como se a tivesse entre eles.

Da cama ouvi a voz dela, que viera passar o resto da tarde com minha mãe. E comigo, naturalmente. Não pude sair do quarto. De lá, ouvia Capitu rir alto, falar alto, como se me chamasse. Continuei surdo, sozinho com minha raiva. Queria cravar-lhe as unhas no pescoço, enterrá-las bem fundo, até que não restasse uma gota de vida naquele corpo.

Explicação

Fui dormir sem rever Capitu naquele dia. Não jantei e dormi mal. Quando acordei, na manhã seguinte, meus sentimentos estavam confusos. Tive medo que ela ficasse magoada com o meu sumiço. Eu também não lhe havia dado oportunidade para se defender das minhas acusações. Fingi uma indisposição para não voltar ao seminário, para falar com minha amiga. Estaria ela zangada comigo, e por isso poderia preferir o cavaleiro? Quis resolver aquilo o mais rápido possível, ouvir e julgar de uma vez. Podia ser que ela tivesse alguma explicação para o seu comportamento.

Quando Capitu soube a causa do meu sumiço, respondeu que era um absurdo aquela acusação. Ela não podia acreditar que eu era capaz de pensar algo assim, mesmo depois de todos os juramentos que fizemos. Mostrou-me uns olhos tão tristes e magoados que não pude suportar. Beijei-lhe as mãos, como um pedido de desculpas. Tentei de todas as formas compensar a acusação. Minha amiga confessou que não conhecia o rapaz nem mais nem menos do que os outros que sempre passavam pela rua, fosse a cavalo ou a pé. Olhara para aquele sujeito como se olha para uma paisagem. Maior prova de que não havia nada era exatamente ter olhado. Senão, seria natural dissimular.

– E depois, ele vai se casar – concluiu.

– Vai se casar?

– Sim, com uma moça da rua dos Barbonos.

Este último argumento me tranquilizou. Capitu então me disse que, para evitar novas confusões como essa, não iria mais ficar à janela.

– Não! Não! Não! Não lhe peço isto!

Então ela mudou de tom. Falou que, na próxima suspeita de minha parte, estaria tudo acabado entre nós. Aceitei a ameaça e deixei de me preocupar com isso. Era a primeira e última suspeita.

Segredo por segredo

Naquele tempo, senti uma necessidade enorme de dividir com alguém o que se passava entre mim e Capitu. Não contei tudo, mas só uma parte a uma pessoa. Escobar, meu amigo de seminário. Quando voltei ao São José, na quarta-feira, achei-o inquieto. Ele comentou que planejava me visitar se eu demorasse mais um dia em casa. Quis saber se eu já estava melhor.

– Estou.

Três dias depois, Escobar perguntou por que eu andava tão distraído; até mesmo os mestres estavam percebendo. Segundo me disse, ele também tinha razões para ficar absorto, mas tentava manter-se atento às aulas.

– Tenho motivos... – respondi.

– Deve ter, ninguém fica voando desse jeito à toa.

– Escobar...

Hesitei; ele esperou.

– Que foi?

– Escobar, você é meu amigo, eu sou seu amigo também. Não há neste seminário nenhuma pessoa em quem eu confie mais do que você. Mesmo lá fora, não tenho amizade com mais ninguém.

– Digo o mesmo. Você é o único aqui com quem me sinto à vontade.

Fiquei comovido com a demonstração de amizade, a primeira desde que entrei no seminário. E, pensando bem, talvez a primeira da minha vida.

– Escobar, você é capaz de guardar um segredo?

– Se pergunta, é porque duvida...

– Desculpe, é só um jeito de falar. Eu sei que você é um moço sério, e faço de conta que me confesso a um padre.

– Se precisar de absolvição... – disse ele, rindo.

– Escobar, eu não posso ser padre. Estou aqui, minha família me colocou aqui; mas eu não posso ser padre.

– Nem eu, Santiago.

– Nem você?

– Este é o meu segredo também. Não pretendo terminar o curso de maneira alguma. Sempre tive vocação para o comércio. Mas esta conversa fica somente entre nós dois. Não me entenda mal, eu sou religioso, porém o comércio é a minha paixão.

– Só isso?

– Por quê? Existem mais coisas no seu caso?

Não pude falar imediatamente. Só saiu um início de frase:

– Uma pessoa...

– Uma pessoa...?

Escobar entendeu sem que eu precisasse dizer mais nada. Era uma namorada, ele entendia. Não achou estranho, até comentou o caso como se fosse muito natural. Isso animou-me a contar um pouco mais. Meu amigo era um ouvinte interessado e simpático. Por fim, deu-me alguns conselhos. Achava bobagem eu continuar o seminário se meu coração me impedia. Deus protegia os sinceros; e, se eu só pudesse ser um bom cristão na vida lá fora, era lá que eu deveria permanecer. Terminou dizendo que aquele segredo morreria entre nós.

É impossível exprimir minha felicidade ao fazer essa confidência. Aquele amigo, da mesma idade que eu, entendia os meus problemas, me dava razão e não me censurava. O mundo lá fora deixou de ser um pecado e transformou-se num lugar lindo e santo, onde se podia levar uma vida feliz e decente. Não entrei em detalhes quando lhe revelei o segredo, mas mesmo assim contei muito mais do que achei que minha timidez natural permitiria.

Voltamos várias vezes ao assunto. Eu elogiava as qualidades morais de Capitu, talvez numa tentativa de ajustar o discurso aos ouvidos de um seminarista. Não comentava se era bonita ou feia, ou coisas assim. Apenas insinuei que era preciso vê-la para ter dimensão do quanto eu tinha sorte.

– Esta semana ela não vai estar em casa, foi visitar uma amiga. Mas, quando surgir uma oportunidade, quero que você a conheça. Não deixe de frequentar minha casa; por que não foi ontem jantar comigo?

– Você não me convidou.

– Desde quando eu preciso convidar? Todos gostaram muito de você.

– Gostei muito da sua família também. Especialmente de sua mãe, que, devo confessar, é uma senhora adorável.

– Não é verdade? – respondi, orgulhoso.

Vamos ao capítulo

Fiquei alegre ao ouvir Escobar falar assim de minha mãe. Parei por um momento de escrever estas linhas para olhar o retrato dela na parede. É possível notar, mesmo numa imagem tão antiga, que dona Glória possuía qualidades especiais. Só isso pode explicar a opinião de meu amigo sobre ela, já que até aquele momento os dois haviam trocado apenas umas quatro palavras. Minha mãe irradiava uma essência de bondade e gentileza. E, vendo seu retrato, posso senti-la ainda. Não importa que ela tivesse me obrigado a seguir uma vocação que não era a minha. Eu não podia deixar de sentir: mamãe era uma santa.

Será que ela realmente me obrigava a seguir a carreira eclesiástica? Isso daria matéria para um capítulo, mas, já que comecei, vou terminar. Não pensei em explicar aqui o que só descobri muito mais tarde. É preciso esclarecer que este é um dos temas que exemplificam o quão gentil e adorável era minha mãe. Chega de preparação ao capítulo; vamos a ele.

O capítulo

Chegamos ao capítulo. Como já contei antes, mamãe era muito religiosa, e a promessa de minha carreira eclesiástica foi feita quando nasci. Para manter vivo o juramento, ela fez com que os parentes próximos e alguns amigos da família soubessem disso. Meu pai, se estivesse vivo, talvez alterasse esses planos. E, como tinha a vocação da política, é possível que me conduzisse pelo mesmo caminho. Mas ele morreu sem saber de nada, e minha mãe ficou como única guardiã do contrato firmado com Deus.

Uma das frases mais famosas de Franklin é que, para quem tem de pagar na Páscoa, a Quaresma é curta. Se pensarmos assim, nossa quaresma não foi mais longa do que deveria ser. Minha mãe mandou que me ensinassem latim e doutrina, mas adiou o máximo que pôde a minha entrada no seminário. É o que poderíamos chamar de protelar a dívida. Afinal, o credor era onipresente e arquimilionário, não tinha realmente necessidade do pagamento, e suponho que nem se preocupava com taxas de juro. Mas, um dia, uma das testemunhas dessa nota promissória lembrou da necessidade de pagar a dívida. Já expliquei isso naquele capítulo. O que minha mãe poderia fazer, sendo uma mulher de coração tão puro? Pagar a dívida.

Se você ainda se lembrar daquele capítulo, meu leitor, certamente recordará que dona Glória chorou na presença da testemunha. E na minha frente também, uma vez que eu estava atrás da porta. Nem eu nem José Dias entendemos o porquê daquelas lágrimas. Mas, passado tanto tempo, percebo que já eram as saudades de se separar de mim. E, por que não dizer, de arrependimento por ter feito aquela promessa.

Para minha mãe, católica e devota, promessas eram como letras de câmbio; é preciso pagá-las sem falta. Talvez a vontade de Deus fosse exatamente a minha existência, sem nenhuma necessidade de juramento anterior. Se ela efetivamente pensou assim, já era tarde. Como tudo isso são hipóteses, acabei indo para o seminário. Porém continuo pensando que, se pudesse, mamãe teria trocado alguns anos de sua vida pelo direito de me conservar fora do clero, casado e pai de seus netos.

Contudo, minha ausência foi logo compensada pela presença de Capitu. Minha amiga começou a se tornar indispensável para dona Glória. A convivência fez com que ela entendesse que Capitu poderia me fazer feliz. Pode parecer estranho, mas minha mãe tinha esperança que o amor me tirasse do seminário, e essa esperança íntima e secreta invadiu-lhe o coração. Se isso acontecesse, eu seria o responsável pelo rompimento do contrato sem que ela tivesse culpa.

Como Abraão, minha mãe levou o filho ao altar de sacrifício, atando Isaac em cima do feixe de lenha. Quando a morte ia ser consumada, o anjo divino intercedeu e ordenou, por parte do Senhor: "Não lhe faças nada. Agora sei que temes a Deus". Era essa a esperança secreta de minha mãe.

Capitu era o anjo da Escritura, era a alma da casa. Dona Glória não podia mais ficar longe dela, precisava vê-la o tempo todo e, através dela, manter a esperança do meu retorno. As duas tinham o meu nome em comum, e isso as unia mais do que nunca.

Uma palavra

Depois de tudo explicado, posso contar uma conversa que tive com minha mãe. Agora é possível entender o que ela me disse, no primeiro sábado, quando cheguei em casa e soube que Capitu tinha ido visitar sinhazinha Sancha, na rua dos Inválidos:

– Por que não vai visitá-la? Não me disse que o pai de Sancha o convidou?

– É verdade.

– Então! Claro, se estiver disposto. Capitu já deveria ter voltado para acabar um trabalho comigo; provavelmente a amiga pediu que ficasse lá.

– Talvez estejam namorando – insinuou prima Justina.

Não a matei por não ter um objeto pesado ou uma corda à mão. Mas, se eu pudesse fazê-lo com o olhar, a prima teria morrido imediatamente. Ela só escapou porque Deus não quis dotar os homens do poder de matar com os olhos, o que, se pensarmos bem, talvez tenha sido uma boa coisa. Do contrário, era bem provável que prima Justina e outras pessoas como ela não chegassem à velhice. Ela se livrou da minha raiva, mas eu não pude fugir da insinuação. Corri à rua dos Inválidos.

Gurgel veio receber-me malvestido, tenso e com olheiras. Sancha estava com uma febre que poderia piorar a qualquer momento. Inconsolável, o pai dizia que, se a filha morresse, ele se mataria em seguida. Andava de um lado para o outro, falando baixo e sussurrando o nome da moça. Senti medo de que pudéssemos estar próximos de um velório, mais tristezas e coisas afins. No entanto, um raio de luz clara chegou para desfazer aquele ambiente sombrio. Capitu entrou na sala e veio dizer ao pai de Sancha que a filha o chamava.

– Ela piorou? – perguntou Gurgel, assustado.

– Não, senhor, mas quer vê-lo.

– Fique aqui um pouco, Capitu – disse-lhe ele; e, voltando-se para mim: – É a enfermeira de Sancha.

Capitu estava triste e cansada; porém, assim que me viu, voltou a ser a menina alegre de sempre, apenas muito espantada com a minha presença ali. Ela quis que disséssemos em dois minutos tudo o que não havíamos conversado naqueles últimos dias. E nos pusemos a falar baixinho um com o outro. Quase não me lembrei de perguntar se ela iria ficar muito tempo cuidando de Sancha.

– Não sei; a febre parece estar cedendo, mas...

Contei também que a minha visita tinha sido ideia de minha mãe.

– Ideia... de sua mãe? – murmurou Capitu. E explodindo de alegria, com os olhos brilhantes, concluiu: – Seremos felizes!

Concordei, apertando-lhe os dedos.

O retrato

Gurgel retornou e eu me levantei depressa. Devo ter ficado vermelho com o susto.

– Sancha está chamando, Capitu.

Minha amiga ergueu-se naturalmente e perguntou-lhe se a febre aumentara.

– Não, graças a Deus – disse ele.

Ela, como de costume, não se assustou com a entrada do pai de Sancha. Virou-se para mim, cumprimentou-me e pediu que levasse lembranças a minha mãe e a prima Justina – e foi ver como estava a amiga. Como Capitu conseguia ter tanto controle sobre si mesma? Eu, que não tinha nenhum, invejava isso.

– Está uma moça – observou Gurgel.

Murmurei que sim. De fato, Capitu se desenvolvera com muita rapidez. Especialmente agora, que eu a encontrava com menos frequência, isso estava claro. Já era uma mulher, em tamanho e formas. O corpo se arredondara, sua voz adquirira uma tonalidade mais cheia. Cada vez que eu voltava do seminário para casa, achava-a mais alta e mais bonita. Gurgel, virando-se para a parede da sala, onde pendia um retrato de moça, perguntou-me se minha amiga era parecida com a imagem.

Tenho esse costume de concordar com meu interlocutor, sempre que o assunto não me diz respeito ou não me interessa. Fui respondendo que sim, mesmo antes de olhar para o quadro. Qual não foi a minha surpresa ao perceber que Capitu era realmente muito parecida com a mulher do retrato. Gurgel me informou que aquela era a imagem de sua falecida esposa. Segundo ele, as pessoas diziam que até o gênio das duas era bem semelhante. E completou:

– E o mais interessante é que ambas são tão próximas de Sancha. Capitu tem a mesma amizade que a mãe tinha pela filha. Você não acha esquisitas essas semelhanças da vida?

Visita de um amigo

No domingo, Escobar apareceu antes do meio-dia. Ficamos muito felizes de rever um ao outro. Ele apertou minha mão durante cinco minutos, como se não me visse havia meses.

– Você janta comigo, Escobar?

– Vim para isso mesmo.

Encontramos minha mãe à porta de casa. Ela agradeceu a visita e convidou-o a entrar logo. Ele cumprimentou-a meio trêmulo e fez alguns elogios gentis a mim. Que eu era muito querido no seminário, que os professores me estimavam. Mas falava meio atrapalhado, como se as palavras, que lhe eram tão fáceis, estivessem em falta.

A família também ficou contente em revê-lo. José Dias até lhe atirou alguns superlativos. Como de hábito, prima Justina não disse nada, o que, em se tratando dela, era quase um elogio. Passados mais dois ou três domingos, resolveu achar que Escobar era um tanto intrometido.

– Pois eu o considero um mocinho muito sério – minha mãe finalizou a conversa.

– Justamente! – confirmou José Dias, para não discordar de dona Glória.

Mais tarde, contei a Escobar o elogio que minha mãe lhe fizera. Ele agradeceu muito, quase que maravilhado. Elogiou mamãe também e não acreditou quando eu disse que ela tinha quarenta anos.

– Não é possível! – exclamou meu amigo. – Quarenta anos! Nem parece trinta; está muito moça e bonita. Faz tempo que é viúva?

Contei o que sabia da vida dela com meu pai. Escobar escutava atento, pedindo ora uma explicação aqui, ora um esclarecimento ali. Vendo alguns negros passando, teve curiosidade de saber o número de escravos que nós tínhamos.

Disse-lhe que não sabia ao certo, que eram muitos, com mais nomes do que eu podia decorar. Muitos alugados, outros trabalhavam nas casas que minha mãe possuía na cidade.

– Acho curioso que dona Glória tenha se acostumado a viver na cidade, onde tudo é apertado.

– Minha mãe tem várias casas maiores que esta; mas já disse diversas vezes que só sai daqui depois de morrer. As outras estão alugadas. Algumas são bem grandes, como a da rua da Quitanda...

– Conheço essa, é bonita.

– Tem também no Rio Comprido, na Cidade Nova, uma no Catete...

– Não irá morrer sem um teto, então – concluiu ele, sorrindo com simpatia.

Caminhamos mais e continuamos a conversar. Foi uma tarde agradável, se me lembro bem. Quando já estávamos voltando, fez ainda outros elogios a minha mãe, "um anjo ao quadrado", segundo ele.

Ideias aritméticas

Se Escobar era rápido com as palavras, era mais ainda com números. Calculava de uma forma simples e natural; nasceu com esse dom. Tinha tamanha paixão pelos números que os considerava mais importantes que as letras. Tentei defender a supremacia da língua e da literatura sobre a matemática, mas ele descartou meus argumentos como puro preconceito.

– Você não é capaz de solucionar um problema filosófico ou linguístico, mas eu posso resolver qualquer soma em três minutos, seja ela grande ou pequena. Quer apostar? Diga-me uma porção de números... olhe, dê-me a quantidade das casas de sua mãe e os aluguéis de cada uma. E, se eu não disser o valor total em dois, melhor, em um minuto, enforque-me!

Aceitei a aposta, anotei os valores e, na semana seguinte, mostrei-lhe o papel com os detalhes das casas e dos aluguéis. Meu amigo pegou a folha, leu duas ou três vezes para decorar e, enquanto eu checava o relógio, ele se concentrava... E em meio minuto:

– A resposta é: 1:070$000 mensais.

Escobar fez o cálculo de cor. Brincando, resolveu uma conta que eu levaria alguns minutos usando papel. Sorriu e perguntou se tinha acertado.

– Está certo – fui obrigado a responder.

– Como você pode perceber, os números são infinitamente mais simples e, portanto, mais naturais. A natureza é simples. A arte é confusa.

Fiquei tão entusiasmado com a facilidade mental do meu amigo que não pude deixar de abraçá-lo.

O papa

Quando voltei para casa no sábado seguinte, José Dias me chamou a um canto, com um olhar conspiratório.

– Agora é certo que você vai sair do seminário.

– Como?

– Tive uma ideia boníssima, impossível de não funcionar.

Minha mãe, segundo ele, estava arrependida da história do seminário e desejava muito que eu saísse de lá. Contudo, a promessa antiga ainda a impedia. Como então fazer com que Deus me dispensasse desse fardo? Só se são Pedro aparecesse em pessoa e me dissesse para casar com Capitu. Mas, pensando de forma mais prática, José Dias queria falar com o apóstolo de Cristo aqui na terra mesmo. Para isso, iríamos visitar o papa e pedir-lhe a absolvição. A ideia me pareceu tão santa que achei que realmente podia dar certo. Fiquei imaginando, maravilhado, a nossa chegada ao Vaticano e quase pude ouvir o Santo Padre em pessoa dispensando-me do seminário. Quanto mais eu pensava, mais bela me parecia a sugestão do agregado.

Pedi a José Dias algum tempo para pensar no assunto. Ele pareceu contrariado, mas acabou concordando. Se dependesse dele, iríamos correndo falar com minha mãe. Na verdade, eu queria consultar Capitu, além de ouvir a opinião de Escobar.

Um substituto

Contei a ideia do agregado a Capitu, que ficou triste imediatamente:

– Você vai me esquecer se for para Roma. Dizem que a Europa é linda, principalmente a Itália.

– Nunca vou esquecê-la!

– Não há outro jeito, mesmo? Dona Glória está louca para que você saia do seminário.

– Sim, mas ainda se sente presa pela promessa.

Capitu não achava outra ideia, mas também não gostava desta última. Só fazia questão de que eu prometesse voltar logo e não a esquecesse. Fez-me jurar que voltaria em seis meses no máximo.

– Juro.

– Por Deus?

– Por Deus, por tudo. Juro que no fim de seis meses estarei de volta.

Eu não tinha gostado da reação de Capitu. A ideia já não parecia tão boa para mim. Resolvi consultar Escobar o quanto antes. E foi a sua cabeça matemática que me impediu de ir a Roma. Quando voltei ao seminário, contei tudo a ele. Ficou triste na mesma hora, mas teve um sobressalto e abriu um sorriso:

– Não, Bentinho, tenho uma ideia muito melhor.

– Melhor?

– Sua mãe fez essa promessa para dar a Deus mais um sacerdote, certo? Então, vamos arrumar um substituto. Ela pode financiar os estudos de algum mocinho órfão, fazê-lo padre, e Deus não terá do que reclamar...

– Sim, parece que é isso; realmente, a promessa se cumpre não se perdendo o padre.

– O lucro que Deus leva com essa promessa é mais um padre, não a sua presença no sacerdócio – continuou ele. – Do ponto de vista financeiro, sua mãe vai gastar a mesma coisa. E um órfão não precisa de muito luxo. Consulte o senhor bispo se for preciso, mas duvido que ele ponha algum impedimento.

– Escobar, acho que você resolveu a minha vida.

– Não só a sua, mas a minha também. Vamos sair juntos.

– Você também?

– Também. Para que preciso de latim e teologia no comércio?

"Verdade", pensei. Mal podia esperar para colocar a ideia em prática.

A saída

A sugestão de Escobar funcionou. Minha mãe hesitou um pouco, mas acabou cedendo, depois que o padre Cabral consultou o bispo. Saí do seminário no fim do ano.

Eu tinha na época um pouco mais de dezessete... Daqui em diante, você verá, leitor, as coisas andarão bem mais rápido. Esta página vale por meses, outras valerão por anos, e assim chegaremos ao fim. Passei os dezoito anos, os dezenove, os vinte, os vinte e um; aos vinte e dois, já era bacharel em direito.

Tudo tinha mudado ao meu redor. Minha mãe envelhecera, tio Cosme passara a sofrer do coração e prima Justina ficara mais velha, não tão bem quanto um vinho, diga-se de passagem. José Dias continuava quase o mesmo, mas também o tempo o havia alcançado. Mas o agregado ainda não estava velho o suficiente para faltar à minha graduação. A mãe de Capitu falecera, o pai aposentara-se; enfim, a vida seguia em frente.

Escobar conseguiu finalmente se dedicar ao comércio. Trabalhou quatro anos numa das melhores empresas do Rio de Janeiro e, depois, passou à compra e venda de café. Prima Justina achava que ele esperava pedir a mão de minha mãe em casamento. Mas, se realmente cogitou a ideia, não a levou adiante. A prima devia estar enganada, de qualquer forma. Penso que ele queria tão somente que dona Glória financiasse seus projetos. E, de fato, ela financiou alguns, emprestando-lhe dinheiro. Meu amigo foi muito correto e pagou assim que pôde.

A nossa saída do seminário não diminuiu a amizade. Era Escobar quem levava e trazia as cartas entre mim e Capitu. Nem depois de casado ele deixou de me fazer essa gentileza. Ele se casou – adivinhe com quem! Ninguém menos que Sancha, a amiga de Capitu, quase irmã dela. Meu amigo inclusive brincava, chamando Capitu de "minha cunhadinha". A amizade foi ficando então cada vez mais próxima, entre nós quatro.

Minha mãe, quando me formei bacharel, quase saiu voando de felicidade. Todos em casa celebraram e passaram a me chamar de doutor. Fui assistir à ordenação do meu substituto no seminário. Olhando para ele, senti como se tudo tivesse entrado nos eixos. Foi um tempo realmente feliz, em que tudo parecia caminhar para um destino perfeito e tranquilo.

No céu

Para que a felicidade fosse completa, só faltava o casamento. Foi em 1865, uma tarde de março, bem chuvosa, por sinal. Passamos a lua de mel no Alto da Tijuca, e são Pedro foi gentil o suficiente para acender todas as estrelas e fazer com que o tempo fosse o mais perfeito possível. Passamos uma semana na Tijuca, e foi a mais bela de minha vida. Fique descansado, leitor, não pretendo fazer uma descrição, mesmo porque seria impossível transpor em palavras o que senti.

De casada

Passamos aquela semana a relembrar nossas tristezas e calamidades e a comemorar o final feliz depois de tudo. Ríamos de José Dias, que planejou a nossa separação e acabou festejando o nosso casamento. Fomos adiando o retorno da lua de mel, por um motivo ou por outro. Mas fui percebendo que Capitu andava impaciente. Falava do pai dela e de minha mãe, que ambos deviam estar preocupados, sentindo a nossa falta. Fiquei um pouco triste, comecei a achar que minha esposa já tinha se aborrecido de mim.

– Eu?

– Parece.

– Como você é criança, Bentinho – disse ela, sorrindo e me abraçando. – Então, depois de tudo o que nós passamos, da espera toda, acha mesmo que eu iria me aborrecer de você tão fácil?

Mas a impaciência de Capitu continuou, e acabamos por voltar no mesmo dia.

Assim que chegamos, percebi o motivo da pressa. Mais do que tudo, ela queria desfilar a sua nova condição de mulher casada. Tinha imenso prazer em me dar o braço e andar comigo pelo passeio público. As pessoas olhavam para nós admiradas e perguntavam quem era aquele casal tão bonito. E, ouvindo isso, Capitu triplicava sua alegria. Não bastava ser casada, era preciso que todos soubessem. Inventava visitas para que me vissem, me confirmassem e me invejassem. Quando andávamos juntos na rua, e reparavam em minha esposa, diziam: "Mas que mulher linda!".

Dois anos

Completados dois anos de casados, sentíamos apenas a falta de um filho. Meu sogro faleceu, tio Cosme já estava bem doente, mas minha mãe tinha boa saúde. José Dias dividia-se entre as visitas a minha casa e à de minha mãe.

Comecei a trabalhar em algumas causas importantes. Escobar ajudou muito nesse início, recomendando-me a um advogado famoso, para que fizesse parte de sua equipe. Meu amigo também conseguiu alguns outros trabalhos para mim, sem que eu tivesse pedido sua ajuda.

E as nossas relações continuavam as melhores possíveis. Depois de casadas, Sancha e Capitu mantinham a mesma amizade dos tempos de escola, e Escobar e eu, a que iniciamos no seminário. Sempre que tínhamos oportunidade, visitávamos a casa deles em Andaraí, e eles jantavam conosco na Glória. Na verdade, costumávamos passar a tarde inteira juntos e só nos separávamos às dez, onze horas da noite.

Escobar e a mulher viviam felizes, tinham uma filhinha. Ouvi dizer que ele andara se metendo com uma atriz de teatro, mas, se isso aconteceu, quase ninguém ficou sabendo de fato. Sancha era modesta, e o marido, trabalhador. Um dia lamentei ao meu amigo a falta de um filho. Escobar balançou a cabeça:

– Esqueça. Se Deus quiser, vai acontecer. Caso contrário, paciência.

– Uma criança, um filho é o que falta na nossa vida.

– Virá, estou certo que virá.

Não vinha. Eu e Capitu rezávamos muito e pedíamos sempre. Mesmo assim, não tinha chegado a hora.

Os braços

No mais, tudo corria bem. Capitu era só riso e alegria. Gostava de sair e visitar a família e os amigos. Ou, se não íamos a algum espetáculo, passávamos nossas noites em casa, observando o mar. Às vezes, eu lhe contava a história da cidade; outras vezes, explicava-lhe astronomia, que eu conhecia um pouco. Ela ouvia atenta e curiosa, se bem que de vez em quando dava uns cochilos. Também gostava de dançar, e ninguém era mais bonita em qualquer baile da cidade; ela tinha braços... Os braços merecem um parágrafo, pelo menos.

No primeiro baile a que Capitu foi de braços descobertos, o salão todo pareceu prender a respiração. Eram os mais lindos, sem dúvida; e, de tanto que os outros olhavam, seguiam, comecei a ficar com raiva. Não conseguia conversar sem ficar reparando como aquele bando de urubus perseguia a minha esposa. Depois disso, decidi não ir mais a esses bailes. Comentei com Escobar o que acontecera, e ele concordou comigo:

– Sanchinha não vai mais assim aos bailes, só se usar mangas compridas.

– Com certeza, vão nos chamar de seminaristas. Capitu já se referiu a mim desse jeito.

Contei à minha mulher a frase de Escobar. Ela sorriu e respondeu que os braços de Sanchinha não eram bonitos, mas concordou em não ir mais a esses bailes. Nas vezes em que foi, usou mangas menos reveladoras.

Dez libras esterlinas

Capitu, além de bela, era uma mulher que sabia economizar. Apenas para deixar isso mais claro, vou contar um dos exemplos desse fato. Estávamos, como de costume, tendo a nossa aula de astronomia. Algumas vezes, como já disse, minha esposa cochilava durante essas aulas. Desta vez, porém, ela parecia ausente, como se eu não estivesse ali. Olhava o mar com tanta intensidade que fiquei com ciúmes.

– Você não está me ouvindo, Capitu.

– Eu? Claro que estou.

– De que eu falava, então?

– Você... de Sírius.

– Que Sírius, Capitu! Falei há vinte minutos de Sírius.

– Falava de... falava de Marte – emendou ela, apressada.

Sim, eu tinha falado de Marte. Fiquei com vontade de deixar a sala. Capitu, ao perceber que eu estava nervoso, transformou-se na mais atenciosa e doce das criaturas. Confessou que estava distraída porque tentava somar umas quantias em dinheiro, para descobrir algum erro em uma conta. Era uma conversão de papel em ouro. Achei que ela dizia aquilo para que eu ficasse mais calmo. Mas, depois de alguns minutos, eu mesmo a ajudava a fazer os cálculos.

– Mas que libras são essas? – perguntei.

Capitu riu e voltou do quarto com dez libras esterlinas. Eram sobras do dinheiro que eu lhe dava mensalmente para as despesas da casa.

– Tudo isso?

– Pouca coisa, são só dez libras. Pode chamar-me de pão-duro, se quiser – concluiu.

– Quem foi o corretor?

– O seu amigo Escobar.

– Mas ele não me disse nada. Quando foi isso?

– Hoje mesmo.

– Ele esteve aqui?

– Pouco antes de você chegar; eu não disse nada para que você não desconfiasse. Queria lhe fazer uma surpresa.

Tive vontade de gastar o dobro do ouro em uma comemoração. Capitu não concordou. Ao contrário, queria saber o que poderíamos fazer com aquelas libras.

– São suas – respondi.

– São nossas – emendou.

– Então, guarde-as você.

No dia seguinte, conversei com Escobar sobre as libras. Ele sorriu e disse que ia ao meu escritório para me contar do dinheiro. A cunhadinha (ainda chamava Capitu assim) lhe pedira o favor na nossa última visita a Andaraí:

– Quando contei isso a Sanchinha – continuou ele –, ela ficou espantada: "Como Capitu consegue economizar? Está tudo tão caro!". Eu lhe disse: "Não faço a menor ideia, querida; tudo que sei é que ela economizou dez libras".

Eu, alegre, exclamei:

– Capitu é um anjo!

Escobar concordou sem muito entusiasmo. Suponho isso porque Sanchinha não tinha as mesmas qualidades da minha Capitu.

Um filho

Entretanto, as qualidades todas de Capitu e a nossa vida tranquila não me bastavam. Eu queria ser pai. Quando visitávamos Escobar e Sancha, não podíamos deixar de olhar para Capituzinha com uma certa inveja. Eles tinham dado à filha o mesmo nome de minha mulher. Era uma criança linda, falante e curiosa. Sempre saíamos de lá suspirando e voltávamos para casa sonhando com o nosso próprio filho.

Depois de algum tempo, finalmente, nosso rebento decidiu vir a este mundo. Era um garotão forte e lindo. Jamais senti uma alegria tão grande. Tinha vontade de pular, de dançar, de gritar na rua. Capitu também não cabia em si de contentamento. Ainda estava de cama por causa do parto e não conseguia ficar longe do menino um só minuto.

Minha esposa e eu fazíamos planos, pensávamos agora na nossa nova vida a três, e não mais a dois. Eu via o meu filho médico, advogado, negociante, cheguei mesmo a aceitar a hipótese de ele ser poeta. Talvez até político, quem sabe. Comentei esses planos de pai coruja com Escobar. E não descartamos a possibilidade de casar o menino com Capituzinha.

Queríamos que Escobar fosse o padrinho da criança, e minha mãe, a madrinha. Mas tio Cosme, ao ver o garoto, mudou esses planos:

– Tome a bênção do seu padrinho, pilantra.

E, voltando-se para mim:

– Faço questão de ser o padrinho, e precisa ser rápido esse batizado, antes que eu bata as botas.

Arrumei então uma outra forma de homenagear meu amigo. Demos ao menino o primeiro nome de Escobar: Ezequiel. Dessa forma, contentava-se a gregos e troianos.

Um filho único

Daremos um pequeno salto no tempo, caro leitor. No capítulo anterior, Ezequiel foi do nascimento ao batismo. Neste, vamos encontrá-lo com cinco anos. Era um menino grande e bonito, de olhos claros e inquietos, como se quisessem namorar todas as moças da vizinhança, ou quase.

Foi o nosso único filho, então você deve imaginar o quanto nos deu trabalho, o quanto perdemos o sono com ele. Qualquer febre, qualquer dor de dente, nos desesperávamos, corríamos sem saber para onde. Mas era um garoto saudável e cresceu assim, apesar dos pais de primeira viagem.

Embargos de terceiro

Mesmo com o passar do tempo, eu continuava vivendo para Capitu. Trabalhava pensando nela, dormia pensando nela. O menor problema no nosso casamento me deixava triste e nervoso. Cheguei a ter ciúmes de tudo e de todos. Quando a convidavam para dançar, quando ela conversava com um vizinho, qualquer homem, velho ou novo, próximo ou distante, eu me enchia de terror e desconfiança.

Minha esposa, sem dúvida, gostava de ser admirada, e isso me fazia ainda mais ciumento. Sempre fomos juntos ao teatro; apenas em duas ocasiões ela não me acompanhou. Na última ela não pôde ir, porque estava doente, porém fez questão de que eu fosse. Saí, mas, preocupado com seu estado, resolvi voltar no fim do primeiro ato. Encontrei Escobar em frente a minha casa.

– Queria falar com você – ele disse.

Expliquei que tinha saído para o teatro e que voltara mais cedo por preocupação, pois Capitu não se sentia bem.

– Ela está doente? – perguntou Escobar.

– Dor de cabeça e estômago.

– Bom, então é melhor eu ir embora. Queria conversar sobre aquele negócio dos embargos...

Eram uns embargos de terceiro, assunto jurídico, coisas de advogado. Escobar tinha algumas informações novas que precisava discutir e não queria ir para casa antes de conversar comigo. Mas, já que minha esposa não se sentia bem, nos falaríamos outra hora.

– Não, vamos até a biblioteca. Pode ser que Capitu esteja melhor.

De fato, ela já estava bem. Confessou-me apenas que não queria ir ao teatro, então exagerou um pouco na dor de cabeça. Não mostrou alegria ao dizer isso, o que me fez desconfiar de que mentia para que eu não ficasse preocupado com sua saúde. Mas jurou que era a verdade pura. Escobar sorriu e disse:

– A cunhadinha está ótima. Vamos aos embargos.

Dúvidas sobre dúvidas

Então, vamos aos embargos. Mas por que falar sobre os embargos? Digo a você, leitor, o mesmo que disse a Escobar: não valiam nada.

– Nada? – surpreendeu-se Escobar.

– Quase nada.

– Isso quer dizer que valem alguma coisa.

– Valem menos que o chá que vamos tomar.

– É tarde para tomar chá.

– Tomaremos depressa.

Durante o chá, meu amigo olhava para mim desconfiado, como se achasse que eu não estava sendo sincero.

Depois de me despedir, e estando sozinho com Capitu, perguntei o porquê do estranho comportamento de Escobar. Minha mulher riu daquele jeito que só ela sabia.

– Você se preocupa demais, Bentinho. Se ele veio até aqui, é porque acha que esse negócio dos embargos poderia ser melhor do que é.

– Tem razão.

Algo, entretanto, não se encaixava bem. Uma dúvida leva a outra, e eu andava cheio de suspeitas já havia algum tempo. Perguntei a Capitu se ela não achava que minha mãe tinha sido muito fria nas últimas vezes que fomos visitá-la.

– Isso são coisas de sogra. Mamãezinha está com ciúmes de você. Quando a saudade aumentar e ela quiser ver o neto, voltará a ser a mesma de sempre.

– Mas eu notei que ela também está mais fria com Ezequiel. Quando nosso filho vai comigo, mamãe não brinca tanto com ele quanto antes.

– Quem sabe se dona Glória não está doente?

– Vamos jantar com ela amanhã?

– Não. Quer dizer... claro, vamos.

Fomos jantar com a minha mãe. Ela não conversou muito conosco, mas também não se mostrou estranha. José Dias animou a conversa falando de amenidades, das belezas do casamento, da Europa. Ficamos sabendo das últimas novidades da vizinhança. Tio Cosme falou de suas moléstias, e prima Justina falou dos outros. Enfim, tudo parecia quase normal.

Voltamos para casa falando das minhas dúvidas. Capitu me pediu paciência. Sogras eram todas assim; cada dia num humor diferente. Quanto mais ela falava, mais terna ficava sua voz. Daquele dia em diante, minha esposa foi ainda mais doce comigo e passou a evitar ocasiões que pudessem me causar ciúmes. Ela me esperava sempre no alto da escada, e muitas vezes nosso filho me recebia também. Ezequiel era uma criança adorável e vivia me enchendo de beijos.

Filho do homem

Sondei José Dias sobre os modos de minha mãe. Ficou espantado, não havia nada que ele soubesse. Segundo o agregado, dona Glória continuava a elogiar a nora, como sempre.

– Até me envergonho de dizer que pensei mal do seu casamento. Era difícil confessar que foi mesmo uma bênção de Deus. Quando a senhora sua mãe elogia sua digníssima esposa...

– Então mamãe...?

– Mas claro!

– E por que não nos visita mais?

– Bem, acho que sua mãe já não se movimenta tanto por causa do reumatismo. Este ano tem feito muito frio... Coloque-se no lugar dela, uma pessoa que sempre andava de lá para cá o dia inteiro; agora é obrigada a ficar em casa, ao pé do irmão, que também já não goza de boa saúde...

Aquilo não explicava a frieza de dona Glória quando íamos a Mata-cavalos. Mas eu não quis que o agregado soubesse mais das minhas angústias. José Dias pediu para ver o nosso "profetazinho" (assim chamava Ezequiel por brincadeira) e fez as festinhas de costume. Desta vez, falou como está na Bíblia: "Fala, filho do homem, onde estão os teus brinquedos?"; "Queres um doce, filho do homem?".

– Que filho do homem é esse? – perguntou-lhe Capitu, bastante irritada.

– É como se diz na Bíblia.

– Pois não gosto nem um pouco desse tratamento – replicou ela, com aspereza.

– Tem razão, Capitu, concordou o agregado. Eu falava assim para variar... Como vai, Ezequiel? Meu anjo, imite meu jeito de andar na rua.

– Não – atalhou Capitu. – Ele precisa parar com essa mania de imitar os outros.

– Mas ele é muito engraçadinho quando faz isso. Outro dia, imitou um gesto de dona Glória com tanta perfeição que ela até lhe deu um beijo. Vamos, como é que eu ando?

– Não, Ezequiel – disse eu. – Mamãe não quer.

Eu também achava feia aquela brincadeira de meu filho. Já estava começando a repetir os gestos dos outros sem perceber, até mesmo os tiques de Escobar. O mesmo jeito de voltar a cabeça, o mesmo jeito de mexer as mãos. Capitu tentou ainda emendá-lo. Mas o menino era alegre e travesso como o diabo. Mudamos de assunto quando Ezequiel pulou no meio da sala e disse a José Dias:

– O senhor anda assim...

Ninguém segurou o riso. Eu mesmo ri mais do que os outros. A primeira pessoa que fechou a cara foi Capitu.

– Não quero isso, ouviu?

A mão de Sancha

Tudo acaba, leitor. Se a minha amizade com Escobar parecia um castelo, você verá que existem castelos feitos de todos os materiais. De pedra, de barro e de ar.

Certo domingo, ele me convidou para jantar em sua casa no dia seguinte. Nosso casal de amigos morava agora no bairro do Flamengo. Escobar queria falar comigo sobre um projeto em família, um projeto para os quatro. Tentei saber mais detalhes, mas ele não quis dizer.

– Esqueça, você não vai conseguir adivinhar, nem eu vou estragar a surpresa. Venha em casa amanhã.

Sancha nos olhava insistentemente. Quando Escobar saiu, ela veio conversar comigo. Perguntou-me sorrindo do que estávamos falando em tantos segredinhos. Eu respondi que, na verdade, não sabia ao certo; disse que ele queria me contar de um projeto, mas não me adiantara mais nada. Ela me pediu segredo e revelou:

– Vamos fazer uma viagem à Europa daqui a dois anos. Nós quatro – disse isso quase suspirando.

– Vamos todos? – perguntei.

– Vamos.

A mulher de Escobar levantou o rosto e olhou-me de uma forma intensa e carinhosa. Tive vontade de beijar-lhe a testa, de simpatia, de carinho. Mas os olhos de Sancha não pareciam me convidar a um gesto fraternal como esse. Pareciam querer outra coisa de mim. Ela me deixou sozinho e foi conversar com Capitu. Voltei-me para a janela e fiquei olhando o mar, pensativo.

Depois de algum tempo, procurei novamente os olhos de Sancha pela sala. Ela estava próxima ao piano e também me olhava, e ficamos assim, olhos nos olhos, durante um, talvez dois minutos. Caí em mim e desviei o olhar. Fiquei pensando se já havia olhado para ela da mesma forma, com a mesma expressão. Não conseguia me lembrar de nada semelhante. Uma vez pensei nela como pensaria em uma bonita desconhecida que passa na rua, mas só.

– Estou louco para entrar no mar; acho que vou nadar amanhã – disse Escobar atrás de mim.

– Amanhã? Mas o mar está muito forte, parece ressaca.

– Já entrei em mares maiores, muito maiores. Você não imagina como é bom entrar no mar com ele forte assim. É preciso nadar bem, como eu, e ter estes pulmões – disse ele, batendo no peito – e estes braços; apalpe.

Apalpei-lhe os braços como se fossem os de Sancha. Difícil fazer esta confissão, mas não posso mentir. Além disso, pude sentir que eram braços mais grossos e fortes que os meus, e fiquei com inveja, deles e de não saber nadar.

Quando estávamos de saída, voltei a encontrar os olhos intensos e quentes de Sancha. Ela me apertou a mão e demorou a soltar, enquanto me fitava profundamente.

Caminhávamos para casa, mas eu não conseguia conversar. Ainda sentia os dedos de Sancha apertando firmemente os meus. Fiquei meio tonto e me considerei um canalha. O mar estava numa ressaca tremenda e parecia querer destruir a praia, as pedras e tudo o mais que estivesse no caminho. Pensei em outras ocasiões em que algo tivesse acontecido entre mim e Sancha, e agora parecia que talvez um dia aqui, ou ali... Não sei... Acho que era imaginação minha.

Logo que chegamos em casa, tranquei-me no estúdio. O retrato de Escobar, que eu tinha ali, ao pé do de minha mãe, falou-me como se fosse a própria pessoa. Combati sinceramente os impulsos que trazia do Flamengo, rejeitei a figura da mulher do meu amigo e chamei-me desleal. Ademais, quem me afirmava que houvesse alguma intenção daquela espécie no gesto da despedida e nos anteriores? Tudo podia ligar-se ao interesse da nossa viagem. Sancha e Capitu eram tão amigas que seria um prazer para elas irem juntas. Se se tratasse de desejo sexual, quem me provaria que não era mais que uma sensação passageira, destinada a morrer com a noite e o sono? Há remorsos que não nascem de outro pecado, nem têm maior duração. Agarrei-me a essa hipótese que se conciliava com a mão de Sancha, que eu sentia de memória dentro da minha mão, quente e demorada, apertada e apertando...

Senti-me um traidor, pensando dessa forma na mulher do meu melhor amigo. O retrato de Escobar em cima da estante parecia me censurar de um jeito mudo. Balancei a cabeça e fui deitar.

A catástrofe

Acordei tranquilo. Pensei em Sancha e achei tudo aquilo uma alucinação ridícula. Tomei meu café da manhã, li os jornais e fui estudar uns processos.

Olhei uma vez para o retrato de Escobar, que estava sobre a estante. Era uma fotografia, de um ano atrás. Ele estava elegante e parecia feliz. Li a dedicatória, que dizia: "Ao meu querido Bentinho, do seu querido Escobar; 20-4-70". Fiquei ainda mais tranquilo sobre os acontecimentos do dia anterior.

Nesse momento, ouvi passos rápidos e uma confusão. A campainha tocou, escutei palmas e golpes na porta. Uma voz gritando. Era um escravo da casa de Sancha que me chamava.

– Para ir lá... sinhô nadando, sinhô morrendo.

Não consegui responder nada. Deixei um recado para Capitu e corri para a casa de Escobar.

No meio do caminho, adivinhei a verdade: meu amigo se metera a nadar com aquela ressaca no mar, arriscara-se mais do que deveria e acabara morrendo. Os pescadores quase não conseguiram resgatar o corpo.

O enterro

Não é preciso dizer muito sobre as lágrimas da viúva, sobre as minhas, sobre as das outras pessoas. Saí de lá para preparar o sepultamento de Escobar. Capitu estava abatida e triste.

– Vá com prima Justina fazer companhia a Sanchinha; eu vou cuidar do enterro – pedi.

Fiz o possível para que o funeral fosse elegante. Muita gente veio, a rua estava lotada de amigos e conhecidos. Não couberam todas as pessoas na casa, muitos ficaram do lado de fora, olhando a praia, apontando o lugar onde havia acontecido o desastre. Estávamos em março de 1871. Nunca me esqueci do mês nem do ano.

Escrevi algumas linhas para ler no cemitério em homenagem ao meu amigo. Tinha medo que a minha emoção me impedisse de falar de improviso. Mostrei o pequeno texto a José Dias, que o achou perfeito, digno do morto. Falava da nossa convivência, da nossa longa amizade, do seminário, da amizade entre as famílias. O agregado comentou com alguns conhecidos que eu faria o discurso de adeus ao falecido; vieram confirmar:

– Então, vamos ouvi-lo?

– Quatro palavras – eu disse, enxugando os olhos.

O discurso

Era hora de levar o caixão. A viúva quis despedir-se, o desespero e a tristeza dela tomaram conta de todos nós. As mulheres presentes choravam, e muitos homens também. Capitu amparava a amiga e parecia ser a única pessoa que conseguia vencer a emoção geral. Eu chorava muito, não conseguia me conter. Minha esposa consolava Sancha, queria levá-la ao cemitério o mais rápido possível. Houve uma confusão na hora de carregar o caixão. Nesse instante, meus olhos pousaram em Capitu, que olhava para o cadáver tão fixa, tão apaixonadamente fixa, que não pôde conter algumas poucas lágrimas mudas...

Quando vi isso, meu pranto secou com o choque. Fiquei hipnotizado diante das lágrimas de minha mulher. Ela as enxugou depressa, olhando com o canto dos olhos para as demais pessoas da sala. Houve um momento em que os olhos de Capitu estavam fixos no defunto; olhou para ele como se fosse a própria viúva. Não chorava, apenas o mirava com seus olhos grandes e abertos, como se quisesse engolir o nadador, assim como fizera o mar.

– Vamos, está na hora...

Era José Dias que me convidava a fechar o caixão. Assim fizemos. Peguei uma das alças e saímos para o cortejo fúnebre. Tive um daqueles meus impulsos que nunca chegavam à execução: queria jogar o féretro no meio da rua, com defunto e tudo. Chegando ao cemitério, descido o morto à sepultura, percebi que as pessoas me olhavam e sussurravam. O agregado disse ao meu ouvido:

– Então, fale. O que está esperando?

Era o discurso. Olhavam-me por causa do discurso. Maquinalmente, meti a mão no bolso, saquei o papel e li, quase sem voz, sem sentir aqueles elogios que dizia ao falecido. As mãos tremiam, mas não da emoção da perda de um amigo, e sim de algo menos nobre que eu sentia. Falava e falava sobre as virtudes do morto como quem lê uma receita ou um folheto de propaganda. Contudo, fiz o possível para que não percebessem meus reais sentimentos. Quando terminei, algumas mãos apertaram as minhas, e outras pessoas diziam: "Muito bonito! Muito bem! Magnífico!". Um homem – jornalista, eu imagino – me pediu para levar o manuscrito e imprimi-lo.

Assim que saí do cemitério, rasguei o discurso com raiva e joguei-o na rua, apesar dos esforços de José Dias para impedir-me.

– Não presta para nada – disse-lhe eu –, não vale nada.

O agregado demonstrou longamente o contrário, mas não lhe prestei atenção. Mergulhei em pensamentos escuros e raivosos por alguns minutos. Pedi ao condutor do carro que parasse, tinha resolvido voltar a pé. Instruí José Dias para que buscasse as senhoras e as levasse para casa.

– Mas...

– Vou fazer uma visita.

Eu precisava pensar, e o carro iria chegar em casa rápido demais. Na minha cabeça, comparava a atitude de Sancha no funeral e aquela que teve no dia anterior comigo. Estava claro que amava muito o marido. Pensei em Capitu. Lembrei de cada gesto, cada olhar, cada lágrima no enterro. A quantidade de pessoas por lá a faria dissimular seus sentimentos, se tivesse mesmo alguns. Estava sentindo mais um dos meus ataques de ciúme. Ainda demorei na rua. Queria que ela se preocupasse com a minha demora. Enfim, quando eram oito horas, cheguei em casa.

Punhado de sucessos

Subi as escadas lentamente. Encontrei prima Justina e José Dias jogando cartas na sala. Capitu levantou-se do sofá e veio receber-me. Tinha o rosto sereno e calmo. Os outros suspenderam o jogo, e conversamos sobre o acidente e sobre a viúva. Censuramos a imprudência de Escobar, e minha esposa disse que estava terrivelmente triste pela dor da amiga.

Capitu foi ver se Ezequiel já estava dormindo. Quando voltou, tinha os olhos vermelhos de choro e disse que, ao olhar o filhinho adormecido, pensara na pobre filha de Sancha que agora era órfã. Sem importar-se com a presença das outras pessoas, abraçou-me e falou que eu deveria tomar cuidado com minha saúde, para que pudéssemos viver ainda muitos anos juntos.

Dois dias depois, foi aberto o testamento. Escobar me citava, não como beneficiário de algum bem, mas com palavras de elogio, amizade e carinho. Capitu, desta vez, chorou muito; mas se recompôs depressa.

Tudo andou realmente rápido. Passado algum tempo, Sancha mudou-se para a casa de uns parentes no Paraná.

Um dia...

Eu andava calado e aborrecido. Capitu perguntou-me várias vezes qual era o problema. Propôs-me viagens à Europa, a Minas, visitas a amigos, passeios, tudo para melhorar meu mau humor. Não sabia o que dizer e recusei todos esses planos. Ela insistiu, e eu menti, alegando que meus negócios não andavam bem.

Minha esposa sorriu e falou que aquela era apenas uma fase difícil. Mais cedo ou mais tarde, os negócios voltariam a ser o que eram antes. E, se não voltassem, mudaríamos para uma casa menor e viveríamos tranquilamente, até que um dia a situação melhorasse. Disse isso com muito amor e ternura, mas eu não conseguia sentir nada. Fui ríspido e retruquei que tal mudança não seria necessária. Desistindo de animar-me, ela foi para a sala e sentou-se ao piano. Aproveitei a chance, peguei o chapéu e saí.

O que vou contar no próximo capítulo deveria ter sido escrito antes do que contei neste. Distração minha, perdoe-me o leitor. É uma historinha curta.

Anterior ao anterior

Aconteceu poucas semanas antes, dois meses depois que Sancha foi para o Paraná. Minha vida voltava a ser feliz e calma, meu trabalho ia bem e Capitu estava mais bonita que nunca. Ezequiel crescia forte e saudável. Começava o ano de 1872.

– Você já reparou que os olhos de nosso filho têm uma expressão estranha? – perguntou Capitu. – Só conheci duas pessoas que tinham esses olhos: um amigo de meu pai e o falecido Escobar. Olhe, Ezequiel; olhe para a frente, assim, vire para o lado de papai, assim, assim... Vê, Bentinho?

Mãe e filho eram muito ligados, mas o menino parecia gostar mais ainda de mim. Aproximei-me de Ezequiel e concordei com Capitu; eram os olhos de Escobar, mas não achei isso estranho. Não existem tantas diferenças entre as pessoas no mundo, e parecia normal que houvesse semelhanças entre elas. O garoto não entendeu nada e não se importou muito com a conversa; pulou e segurou minha mão, puxando-me para a porta:

– Vamos passear, papai?

– Daqui a pouco, meu filho.

Capitu não prestava atenção na conversa entre mim e Ezequiel. Estava de perfil, olhando alguma outra coisa. Voltei-me para ela e disse que o nosso filho tinha puxado a beleza dos olhos da mãe. Minha esposa sorriu abanando a cabeça, com um daqueles gestos que nunca mais vi em mulher alguma. Capitu tinha desses gestos únicos, que me enchiam de amor e a tornavam única. Corri a abraçá-la, e ela me abraçou em troca.

Na verdade, não era necessário contar isso para que o leitor entendesse o que aconteceu no capítulo passado. Só o fiz para que você prestasse atenção nos olhos de meu filho. Guarde isto, então: os olhos de Ezequiel.

O rascunho e o original

Começou com os olhos.

Logo passei a perceber que o corpo, os gestos, o cabelo, tudo me fazia pensar em Escobar. Era como se Ezequiel fosse desenhado à medida que crescia para se transformar no defunto.

Meu ex-amigo então retornou dos mortos e passou a jantar na nossa mesa, receber-me quando chegava em casa, beijar-me de manhã. Comecei a sentir uma repulsa, uma sensação horrível, todas as vezes que Ezequiel se aproximava de mim. Eu tentava manter as aparências, fingir que nada estava acontecendo. Mas não conseguia esconder isso de mim mesmo. Ficava cada vez mais rígido e seco quando mãe e filho estavam por perto. E, quando não estavam, eu jurava matá-los os dois. Estava ficando desesperado e agoniado, mas, quando via aquele menino doce e gentil pedindo meus beijos, sentia-me fraco e não era capaz de dizer ou fazer coisa alguma.

Nessa época, Capitu e eu brigávamos e discutíamos por qualquer motivo. Nem eu nem ela conversávamos sobre o que estava acontecendo, mas percebíamos nos olhos um do outro. Eu sentia em tudo na casa a presença do amante. Sempre que via Ezequiel, era como se estivesse vendo o próprio Escobar. As nossas brigas tinham-se tornado tão frequentes que Capitu sugeriu colocar o filho num colégio interno, de onde ele só voltaria nos sábados. O garoto não gostou da ideia e se recusava a separar-se de mim:

– Quero ir com papai! Papai tem de ir comigo! – bradava ele.

Eu mesmo o levei para o colégio. Fui andando com ele, segurando-o pela mão, como já havia feito com a alça do caixão do outro. O menino chorava e perguntava se voltaria para casa, quando seria isso, se eu iria visitá-lo...

– Vou, sim.

– Papai não vai!

– Vou.

– Jura, papai?

– Claro que vou.

– Papai não diz que jura.

– Juro.

Ezequiel ficou lá. Mas isso apenas amenizou a minha situação. Eu não o via tanto quanto antes, porém agora o tempo preenchia cada vez mais as lacunas da sua fisionomia, e ele era a volta de Escobar, mais vivo e mais barulhento. Até a voz, pouco a pouco, já parecia ser a mesma. Quando vinha aos sábados e me beijava, ou simplesmente dirigia-se a mim, eu sentia uma repulsa tão grande que era difícil disfarçar. Fugia dele o mais que podia e tentava só voltar para casa quando ele já dormia, ou quando não estava.

O dia de sábado

Um dia, não aguentei mais. Tive uma ideia para colocar um ponto final naquele sofrimento. Saí de casa com o coração apertado, fui a uma pequena farmácia e comprei um pó claro e de aspecto comum. Quando percebi que tinha a solução final para os meus problemas, senti uma alegria enorme, e o peso sumiu do meu peito. Fui visitar minha mãe, como última despedida, sem dizer o que planejava fazer. Não sei se foi ilusão ou realidade, mas o próprio ambiente da casa já não parecia tão pesado. Dona Glória estava menos triste, tio Cosme não falou da doença do coração, e prima Justina esqueceu-se de falar mal de alguém. Passei uma hora de paz. Quase desisti da ideia final. Se apenas eu pudesse nunca mais sair daquela casa, ou se tivesse o poder de congelar o tempo naquele instante, talvez fosse feliz para sempre.

Otelo

Saí da casa de minha mãe e fui jantar fora. Depois, resolvi ir ao teatro pela última vez. Por coincidência, a peça era *Otelo*. Nunca tinha assistido, sabia apenas do que se tratava. O ciúme do mouro, todo aquele desastre causado por um simples lenço! Um lenço levou Otelo a matar e compôs a mais sublime tragédia deste mundo. Hoje em dia é preciso muito mais. É necessário ver a camisa do amante para se convencer da traição. Era isso que me passava pela cabeça enquanto Iago destilava a sua calúnia no palco. Não saí nos intervalos. Temia que alguém me reconhecesse. Perguntei-me se alguma daquelas dignas senhoras da plateia teria também algum amado que estivesse agora no cemitério. Percebi no último ato que era Capitu quem devia morrer, não eu. Assisti às súplicas de Desdêmona, suas palavras amorosas e puras, e à fúria do mouro. A morte dela causou aplausos frenéticos no público.

"E ela era inocente", pensava eu, saindo do teatro. "Que morte mereceria se fosse culpada como Capitu? Um travesseiro seria bom demais; era preciso algo doloroso, como o fogo, alguma coisa que a fizesse sumir da face da terra."

Cheguei em casa de manhã, depois de ter vagado pelas ruas durante toda a madrugada. Entrei sorrateiramente e me enfiei no gabinete. Tirei o veneno do bolso e escrevi uma carta a Capitu.

O texto era curto. Falava apenas de Escobar e da minha necessidade de morrer.

A xícara de café

Pedi então um café ao copeiro, que colocou a xícara sobre a mesa. Meu plano era dissolver nele a droga. Já podia ouvir a presença de mais gente na casa e decidi acabar logo com aquilo. Minha mão tremeu ao pegar o embrulho e continuava a tremer enquanto eu misturava o pó branco no café. A peça ainda passava perante os meus olhos, a morte de Desdêmona inocente. Então olhei para a fotografia de Escobar... O ânimo voltou. "Acabemos com isto", pensei. Ouvi ruídos e achei melhor esperar que Capitu e Ezequiel fossem à missa. Beberia depois; seria melhor.

Eu andava pelo gabinete, esperando, quando Ezequiel entrou correndo e gritando:

– Papai! Papai!

A presença do garoto me assustou de tal forma que fui recuando e encostei as costas na estante, como se ele fosse um monstro avançando sobre mim. Ezequiel continuou correndo e se apoiando para pedir o beijo de todos os dias:

– Papai! Papai!

Segundo impulso

É bem provável que, se Ezequiel não entrasse naquele momento, eu tivesse bebido o café. Sentei-me de frente para a xícara. Tinha resolvido tomá-lo mesmo na presença do garoto. Mas ele segurava a minha mão. Queria me pedir a bênção antes de ir à missa com Capitu. Aquele gesto deu-me uma ideia muito pior, ainda mais negra do que tomar o veneno. Foi um impulso monstruoso, eu admito. Mas não escrevo este livro para receber a absolvição ou a condenação de ninguém. Inclinei-me e perguntei ao menino se ele já tomara café.

– Já, papai.

– Tome outra xícara; meia xícara, só.

– E papai?

– Eu mando vir mais; ande, beba!

Ezequiel abriu a boca. Eu fiquei tão trêmulo que quase derrubei o café assim que peguei a xícara. Mas estava disposto a fazê-lo engolir tudo, cada gota, mesmo forçado, se ele reclamasse que o café estava frio...

Mas não pude, algo em mim não conseguiu. Larguei a xícara sobre a mesa, beijei e abracei o menino com todas as forças.

– Papai! Papai! – exclamava Ezequiel.

– Não, não, eu não sou seu pai!

Capitu que entra

Levantei os olhos e vi Capitu na minha frente. Já não conversávamos mais, apenas trocávamos monossílabos quando era absolutamente necessário.

Estava lívida. Ficamos algum tempo em silêncio. Ela se recompôs e pediu ao filho que saísse. Queria uma explicação.

– Não existe nada para ser explicado – disse eu.

– Como, não existe? Por que você e Ezequiel estavam chorando? Que aconteceu entre vocês dois?

– Não ouviu o que eu disse a Ezequiel?

Capitu respondeu que só ouvira o choro. Mas tenho quase certeza de que escutou tudo. Repeti:

– Ele não é meu filho.

– O quê? – perguntou ela, como se não tivesse entendido.

– Não é meu filho.

Ficou furiosa. Reagiu com tanta indignação e com tanto fervor que até mesmo um carrasco teria mudado de ideia. Mas eu estava imune a seu charme, seus olhares ou seus gestos.

Após alguns instantes, ela falou:

– De onde você tirou essa ideia? Diga!

Eu não respondia nada.

– Diga tudo; se vai dizer, diga tudo, de onde tirou essa convicção? Ande, Bentinho, fale! Fale! Expulse-me desta casa, mas diga tudo primeiro.

– Existem coisas que é melhor não serem ditas.

– Se começou, vá até o fim. Fale tudo, para que eu me defenda, se acha que tenho direito a defesa, ou eu vou me separar de você; já não aguento mais!

– Nós vamos nos separar, sim, já decidi. Preferia que isso fosse feito discretamente, sem brigas. Mas, já que a senhora insiste, vou dizer tudo.

Não disse tudo, não conseguia dizer o nome de Escobar. Mas disse o suficiente. Capitu riu. Um riso que não posso descrever. Falou então com a voz carregada de ironia:

– Nem os mortos escapam aos seus ciúmes! Ele está morto!

Capitu acalmou-se e murmurou:

– Eu sei o porquê disto. Tudo porque eles são parecidos. Mas Deus vai me dar razão. Chega, vou sair. Não temos mais nada a dizer um para o outro.

Quase me convenci de que estava tendo alucinações, de que aquilo tudo existia apenas na minha cabeça. Foi quando olhei para a fotografia de Escobar na estante. Lembrei-me de Ezequiel entrando no gabinete, e então não tinha mais qualquer dúvida. Capitu e eu, involuntariamente, olhamos para a fotografia do falecido e, em seguida, um para o outro. A confusão em seu rosto era uma confissão de culpa. Mas ela não disse nada. Pegou o filho e foi à missa.

Volta da igreja

Não precisava mais tomar o café. A morte era a solução, porém agora surgia uma menos definitiva. Esperei o regresso de Capitu. Ela demorou a chegar. Por um instante, pensei que tivesse ido à casa de minha mãe, mas estava enganado.

– Entreguei a Deus os meus sentimentos – Capitu falou, ao voltar da igreja – e ouvi uma voz dentro de mim, dizendo que devemos nos separar. Faremos como você quiser.

Ela esperava uma recusa de minha parte, ou que eu corresse a abraçá-la, suponho. Talvez pensasse que eu não era forte o suficiente. Nada disso aconteceu. Respondi que iria pensar, mas já estava tudo decidido.

Enquanto minha esposa estava na igreja, pensei no finado Gurgel quando me mostrou o retrato da mulher dele, parecida com Capitu. Existem realmente coincidências estranhas e inexplicáveis. Mas não era esse o nosso caso. Não havia apenas a semelhança de Ezequiel com Escobar. Comecei a recordar certos fatos vagos, certos sorrisos, certos gestos entre Capitu e meu ex-amigo. Pensei no dia das dez libras. Lembrei-me dele à porta do corredor de minha casa no retorno do teatro. Eu via tudo nitidamente agora, tudo o que antes me parecia sem importância.

A solução

Fomos os três para a Suíça. Não para passear ou coisa assim. Contratamos uma professora do Rio Grande, que nos acompanhou durante a viagem para ensinar a língua daquele país a Ezequiel. O resto ele aprenderia frequentando a escola comum. Isso resolvido, voltei para o Brasil; eles ficaram.

Passados alguns meses, comecei a receber cartas de Capitu. Respondi a todas elas o mais secamente possível. No início, ela escrevia sem ódio, depois com afeto e, por fim, com saudade. Pedia que fosse vê-la. Fiz realmente várias viagens à Europa, mas nunca a procurei. Na volta, nossos conhecidos queriam notícias, e eu dizia qualquer coisa, como se realmente ainda vivêssemos juntos. Fazia isso apenas para manter as aparências. Um dia, finalmente, isso acabou...

Uma santta

Nas viagens que fiz à Europa, José Dias não me acompanhou. Apesar da vontade, ele queria fazer companhia a tio Cosme, quase inválido, e a minha mãe, que envelhecera depressa. O próprio agregado já estava bastante idoso. Foi despedir-se de mim e comoveu-me com palavras e gestos de carinho. Convidei-o uma última vez para ir comigo ao Velho Mundo, mas ele recusou:

– Não posso.

– Está com medo?

– Não posso... Adeus, Bentinho, acho que você não me verá mais. Em breve devo ir para outro continente, o dos anjos.

Mas não foi assim. Minha mãe morreu primeiro. Enterrei-a no cemitério de São João Batista e mandei gravar uma única frase em sua lápide: "Uma santa". A meu lado, quando depositamos flores no túmulo, José Dias comentou, com lágrimas nos olhos: "Santíssima".

O último superlativo

Não foi o último superlativo de José Dias. Ele morou comigo depois da morte de minha mãe. Correspondia-se com Capitu e sempre pedia que lhe enviasse um retrato de Ezequiel. Ela foi adiando, adiando, até que ele não pediu mais. Disse-me que gostaria de ver o menino mais uma vez antes de morrer, mas isso não foi possível. Teve uma doença rápida. Mandei chamar um médico homeopata.

– Não, Bentinho, traga um alopata. Vou morrer, independentemente do tipo de tratamento.

Pouco antes de falecer, ouviu comentarem que o céu estava lindo e pediu que abríssemos a janela.

– Não, o ar pode fazer mal.

– Que besteira. Ar é vida – respondeu ele.

O céu estava realmente muito azul. José Dias levantou-se por um instante e olhou para fora; depois repousou a cabeça e murmurou:

– Lindíssimo!

Foi sua última palavra. Morreu sereno, e eu chorei por ele.

Uma pergunta tardia

Assim esta história vai terminando. Ninguém chorará por mim, tenho certeza. Faço o possível para ser esquecido. Moro longe e saio pouco. Não consegui ligar as duas pontas da vida. Esta casa do Engenho Novo, apesar de reproduzir com fidelidade a de Mata-cavalos, apenas lembra aquela, e nada mais.

Talvez me perguntem por que permiti que a antiga casa fosse demolida. Quando minha mãe morreu, planejei voltar para lá. Fiz uma visita para preparar alguma eventual reforma, mas a casa não me reconheceu. Tudo ali era estranho e impróprio. Deixei que a demolissem, mas reconstruí algo semelhante aqui no Engenho Novo, como contei no começo do livro.

O regresso

Foi nesta casa que um dia, antes do almoço, recebi um cartão com este nome:

EZEQUIEL A. DE SANTIAGO

– A pessoa está aí? – perguntei ao criado.

– Sim, senhor, ficou esperando.

Não fui à sala por mais uns dez ou quinze minutos. Deveria ir vê-lo o mais rapidamente possível, falar-lhe da mãe e abraçá-lo. Acho que ainda não comentei. Capitu já havia morrido. Fora enterrada na Suíça. Procurei fazer uma cara de pai saudoso. Ao entrar na sala, dei com um rapaz de costas, olhando uma pintura na parede. Eu procurava andar sem fazer barulho e estava tenso. Mas ele ouviu meus passos e virou-se depressa em minha direção.

Reconheceu-me pelos retratos e correu para abraçar-me. Não me mexi. Aquele rapaz era nem mais nem menos que o meu antigo companheiro de seminário. Era mais novo, mais baixo e tinha o mesmo rosto do meu ex-amigo. Os gestos eram diferentes, mas era um retrato vivo do amante de minha mulher; era o filho de seu pai. Estava vestido de negro, de luto pela mãe. Sentamos à mesa.

– Papai está igual aos últimos retratos – disse ele.

Aquela voz...

Era a mesma de Escobar, com um pouco de sotaque francês. Comecei a perguntar coisas pessoais, para poder dominar meus sentimentos. Isso teve o efeito oposto do que eu esperava. Animou-se a falar e a contar pormenores, e eu cada vez mais via o defunto levantando-se do túmulo. Tentei fechar os olhos, mas a voz continuava a ser de Escobar. Dizia que desejava ardentemente me ver. A mãe falava muito de mim, elogiando-me sempre, como o homem mais puro do mundo, o mais digno de ser querido.

– Morreu bonita – concluiu.

– Vamos almoçar.

O almoço não foi de todo ruim. Acabei por acostumar--me à ideia de que Ezequiel não era o meu filho.

Contou-me da vida na Europa, dos estudos, particularmente de arqueologia, que era a sua paixão. Falava da Antiguidade com amor, contava o Egito e seus milhares de séculos, sem se perder nos algarismos; tinha a cabeça aritmética do pai. Eu, ainda que a ideia da paternidade do outro me estivesse já familiar, não gostava da ressurreição.

Ele acabou por viver comigo durante seis meses. Então, falou-me de uma viagem à Grécia, ao Egito e à Palestina. Viagem científica, promessa feita a alguns amigos.

– De que sexo? – perguntei, rindo.

Sorriu envergonhado e me respondeu que dificilmente uma mulher poderia se interessar por algo tão velho como uma ruína de trinta séculos. Seus companheiros seriam dois colegas da universidade. Forneci a ele o dinheiro de que necessitava. Ainda mais esta. Depois de receber o fruto do amor de Escobar, tinha ainda de financiar-lhe a arqueologia. Preferia pagar para que tivesse lepra... Quando percebi o quão horrível e cruel era esta ideia, quis abraçar o rapaz junto ao peito, mas não consegui. Olhei-o então nos olhos, da forma mais terna que pude, e ele encarou-me com uma expressão doce e agradecida.

Não houve lepra

Ezequiel não contraiu lepra. Mas existem outras doenças no mundo. Onze meses depois, ele morreu de febre tifoide e foi enterrado nas imediações de Jerusalém. Seus dois amigos da universidade cuidaram de seu funeral. Em seu túmulo, mandaram escrever esta inscrição, tirada do profeta Ezequiel: "Tu eras perfeito nos teus caminhos". Mandaram-me os textos originais, o desenho da sepultura e a conta das despesas do funeral. Também devolveram-me o dinheiro que ele carregava na ocasião. Eu teria pago o triplo para nunca mais ouvir falar de Ezequiel.

Quis verificar o texto. Consultei minha Bíblia e encontrei a continuação: "Tu eras perfeito nos teus caminhos, desde o dia da tua criação". Perguntei-me quando teria sido o dia da criação de Ezequiel. Ninguém respondeu. Eis aí mais um mistério para acrescentar a tantos outros deste mundo.

Apesar do funeral e da inscrição, jantei bem e fui ao teatro.

Bem, e o resto?

Você já deve ter percebido que, por mais despedaçada que tenha sido a minha vida, procurei continuar a vivê-la da melhor forma possível. Outras mulheres consolaram-me em parte a falta da primeira. Casos de curta duração, sem dúvida. Agora, por que nenhuma delas me fez esquecer aquela que levou meu coração para a Europa? Talvez porque nenhuma tinha os olhos de ressaca, de cigana oblíqua e dissimulada.

Mas a pergunta que faço é se a Capitu que se casou comigo tinha a Capitu jovem dentro de si mesma. Se você pensar bem, leitor, e se lembrar do que lhe contei, vai concordar comigo que a Capitu moça se transformou na Capitu mulher, e que os mesmos defeitos e qualidades permaneceram. Qualquer que seja a sua conclusão sobre o resumo de tudo o que escrevi aqui, o fato é que minha primeira amiga e o meu maior amigo, tão queridos e amados por mim, acabaram por me trair. Que eles descansem em paz! Vamos à *História dos subúrbios*.

QUEM É HILDEBRANDO A. DE ANDRÉ?

Hildebrando A. de André nasceu em Monte Alto (SP), em 1923. Formou-se em direito, letras clássicas e psicologia na Universidade de São Paulo. Fez vários cursos no Brasil e no exterior, filosofia entre eles; prestou exames e concursos, defendeu teses, mas sempre gostou mesmo de escrever e dar aulas.

Professor com muitos anos de experiência pedagógica, escreveu livros e ministrou cursos e seminários por todo o país. Criou, através da internet, um método que permite o aprendizado e aprimoramento dos conhecimentos da língua portuguesa de forma rápida e dinâmica.

Autor de livros didáticos e de literatura, entre suas obras destacam-se *Gramática ilustrada* (*best-seller* com mais de dois milhões de exemplares vendidos), *Português – linguagem & construção* e *Curso de redação*; *Novas velhas histórias* (8 volumes) e *Histórias de hoje* (4 volumes).

Faleceu aos 92 anos, em março de 2016.